SHANGHAI LITERATURE & ART PUBLISHING GROUP

故事会
精品系列

故事会®

法制故事

上海锦绣文章出版社
上海故事会文化传媒有限公司

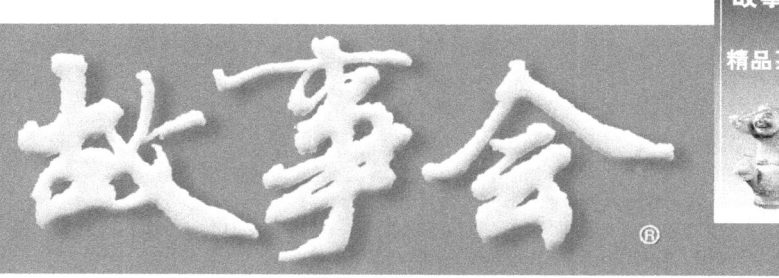

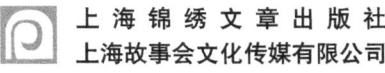

上海文艺出版（集团）有限公司

图书在版编目(CIP)数据

法制故事 《故事会》编辑部编 － 上海：上海锦绣文章出版社
（故事会精品系列） ISBN 978-7-5452-0047-8
Ⅰ．①法…Ⅱ．①故…Ⅲ．故事－作品集－世界 Ⅳ．I14
中国版本图书馆 CIP 数据核字(2008)第 059140 号

丛 书 名：故事会精品系列

书　　名：法制故事

主　　编：何承伟

编　　委：何承伟　吴　伦　姚自豪　夏一鸣

责任编辑：刘迎曦　鲍　放

装帧设计：王　伟

责任督印：张　凯

出　　版：上海锦绣文章出版社
上海故事会文化传媒有限公司

POD 海外发行：中国图书进出口上海公司
电话：021-36357888
传真：021-36357896
地址：上海市虹口区广中路 88 号
邮编：200083

海外 POD 发行版本

STORIES
上海故事会文化传媒有限公司 出品 (00246) www.storychina.cn

目　录

法治天下

法 眼 直 击

大地上有黑暗的阴影，可是对比起来，光明更为强烈。

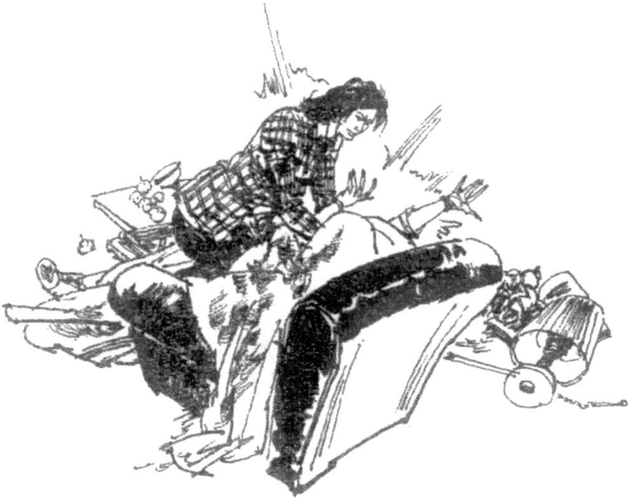

换　命

云彩山下有条七八里长的山沟，山沟里住着两户人家。一户姓于，夫妻俩加个闺女，当家男人叫于大木；一户姓尚，兄弟俩加个瞎眼老妈，管家的老大叫尚坤子。

多年来，于家和尚家一直客客气气，相安无事，不想这天却出了一个大祸。

事情出在于大木身上。

于大木其实并不木，四十开外，瘦高个子，长得像根黑炭条儿，尤其是那两条腿，爬坡上岭快疾如飞。这天，大木上山进林子狩猎，走不多久便发现有野猪的踪迹，他追着东一个、西一个的蹄花儿来到阴司崖下，听见前边有“呼哧呼哧”的响声，立刻收住脚步循声搜索。只见数十步外的洋桃架里，一头野猪正撅着腚,头扎在藤萝里,一定是在找落地的洋桃吃呢。大木惊喜万分,迅速端起枪瞄个准,只听“叭”的一声,那野猪立刻应声倒地。大木不放心,又补了一枪,看看真没了动静,便三步两步冲上去。可是,令他万万想不到的是,他打中的不是野猪,却是尚家的老二尚哑巴。

大木吓得腿都软了,一边拼命叫哑巴,一边把他抱起在怀里。可是哑巴只“咕噜咕噜”吐了两口鲜血,便头一歪没了气。大木一看,哑巴手里还捏着几个落地的洋桃,一身灰不溜秋的衣裳,正像一张野猪皮。

大木吓坏了,今个失手,闯下了人命大祸,可怎么办呀?大木思来想去,决定先把哑巴背回家再说。

按山里规矩,人死在外面是不能进家门的,所以大木便把哑巴尸体放在尚家屋檐下,用一块塑料布盖住,然后再进去报讯。

尚坤子和他娘闻听噩耗顿时就惊呆了,待得醒悟过来,简直哭得天昏地暗,大木自然陪着一块掉泪。哭累了,大木轻声问:“坤子,你说说,这事可咋办呀!”

尚坤子说:“人命关天,还用说吗?”

大木心里觉得委屈,说:“我和哑巴兄弟素来没怨没仇,我真的不是故意的呀!”

尚坤子可不这么想。自己也算5尺高一条男子汉了,弟弟是个哑巴,自己可不是哑巴,弟弟被人当野猪打死了,难道自己却去装哑巴?咋对得起一奶吊大的亲兄弟?尚坤子对大木亮了牌:“俗话说:雪地埋不住死尸。这人命关天的大事,谁也别想包得住!你自己看着办吧!”

大木想想也对,自己犯下人命案,只有拿命偿命了。他不由长长地叹了口气,心事重重地向自己家里走去。

大木前脚走,尚坤子后脚就动身去柿子坪派出所报案。谁想尚坤子走出没多久,天就开始下起雨来,待他翻过轱辘岭,雨竟越下越大，尚坤子只得钻进路边的神仙洞避雨。巧了，沟外村里的药贩子梁发子，也淋了一身雨，此刻正在洞里烧了一堆火，在烤衣服。梁发子常年在山沟里窜来窜去，收购中草药，所以尚坤子与他很熟。

梁发子问尚坤子："这么大的雨，要到哪里去？"尚坤子眼泪汪汪地把事情说了。梁发子走南闯北，见多识广，知道了事情的根根由由之后，听说尚坤子要去报案，两只绿豆眼眯起足有半分钟，然后连连摇头："坤子呀，遇事要三思而后行，千万别着急，你再想想。"

尚坤子脖子一拧："这事还有啥弯儿？不依靠政府，咱咋去把大木敲了，给哑巴偿命？"

梁发子歪着头问："你想叫公家把大木抓去崩了？咱把话说回来，就算把大木横倒了，你哑巴兄弟就能活过来？"梁发子不住地晃着脑袋，"坤子呀，依我看呀，把大木崩了，不如不崩；把大木告了，不如不告。"

梁发子说的什么屁话！尚坤子火儿冒了：当哥哥的不能为弟弟报仇，还算个人吗？尚坤子狠狠瞪了他一眼，身子一倔，扭头就走。梁发子追到洞口大声喊："乡里书记你认识？"

尚坤子摇摇头："不认识。"

"乡长你俩是亲戚？"

"哪能呢！"

"那你和派出所哪个头头脑脑有关系？"

"你损我还是咋的？"

梁发子冷冷一笑："一道门槛也摸不着，还想告状哩，你去告吧，告吧！"梁发子别转身，回进洞里抽起了闷烟。

尚坤子被镇住了，想想自己一个乡巴佬，还真不懂告状的路数呢，犹豫了一会，只好折回神仙洞，向梁发子求教。

梁发子推心置腹地说："坤子呀，大木与你们家无冤无仇，他只不过是一时眼花，把哑巴当野猪打了，这事，你告到天边也稀溜松，赔副棺材顶天了。可退一步想，如果你们不告他，不要他的命，大木家自然对你们感恩不尽，然后，你们再喊多么高的价，总没有他那条命值钱吧，什么条件他保准都会答应你。"

话不说不明，木不钻不透，尚坤子的心终于被说活了。于是，梁发子自告奋勇承揽下当说客的任务，立马就往大木家赶。

谁知梁发子紧赶慢赶赶到大木家，大木已经投案自首去了，大木女人正哭得昏天黑地。大木女人听梁发子说这事尚坤子愿意私了，好像黑沉沉的天空"嘭"的炸了条缝儿，拔腿便去追赶大木。只要大木一腿踏进派出所的门，说什么都晚了呵！

云彩山到柿子坪派出所有三十多里路，中间要翻三座山，趟五条河，大木是晌午饭以后扛着个被卷走的，凭他利索的脚步，天黑就能赶到柿子坪了。大木女人心里那个急呀，脚下像生了风似的，拼命往前赶。手中的雨伞被风拽翻个个儿，她索性把伞甩了；脚下的鞋子被泥巴吸住，她干脆把鞋扔了。此时此刻，大木女人已经顾不上风刮雨淋，感觉不到石棱子的刀割锥刺了，为了走小道，抄近路，她翻石坡岈，穿一线天，爬阎王砭，趟黑水河，待赶到柿子坪时，已经是人家闩门闭户看《焦点访谈》的时候了。

大木女人记得大木走的时候自己再三嘱咐，叫他到了柿子坪先进餐馆饱吃一顿，以后坐了监，只能等时辰了，想吃什么也晚了。所以，她赶到柿子坪以后，便挨个儿到餐馆去寻大木，但是东西两条街，十几家饭馆都找遍了，也没见个影儿。大木女人浑身像散了架似的，一屁股坐在路边，泪水"哗哗"流了下来："晚了，晚了！唉，当初怎么就没想到私了呢？"

不知什么时候，雨停了，天漆黑一片，只有街边昏黄的路灯闪着微弱的亮光。大木女人突然一个激灵：大木走时脚上还穿着葛麻拍子，这种鞋只有山里人爬坡上岭防滑穿，镇上人有的恐怕连见也未必见过，大木如果进了派出所，那门口地上一定会留下那粗粗的葛麻鞋印儿。想到这里,她“忽”地一跃而起,从一家门洞里讨到了一盒火柴,随后跑了两条街来到派出所门口,装着寻找失物,趴在地上,划一根火柴又一根火柴,寻找葛麻拍脚印儿。

一盒火柴划完了,大木女人看清了大门外出出进进几十双鞋印儿,皮鞋、胶鞋、高跟鞋、塑料鞋,就是没有一只葛麻拍印儿。顿时一股暖流涌遍全身,大木女人只觉得自己身子骨都活络了,暗自庆幸:他还没进去呵!

可是这个时候,大木会在哪儿呆着呢?他带着被卷,会不会先在哪个避风挡寒的地方躲着呢?大木女人四下里一看,发现街口打麦场上堆着几十个草垛,便一路寻过去,“大木——大木——”她轻轻地叫唤着,连大气也不敢出,只想快快找到大木,悄悄回家,才能把事儿包在山肚子里,不露气儿。可是,大木一点回应都没有。

这时候,一辆汽车从街口驶出,借着车灯,大木女人看见不远处一块菜地中间有一个窝棚,大约是给看菜人住的。大木女人走近去,还没开口,只听里面一声问:“谁?”是大木的声音!夫妻俩此时此刻相见,抱头痛哭。

哭罢,女人把梁发子的话对大木说了,谁知大木听了却闷闷不语。大木心里有自己的想法。你想,法律是根钢条子,梁发子就是再有本事,难道能把它挽成圈儿?这种人命关天的大事,躲得过初一,躲不过十五,迟早政府会知道,现在不去自首,只怕到时候罪上加罪呀!

女人见大木不说话,重重敲着大木的脊背,说:“你好狠心呀,自己一了百了,撇下俺娘们两个靠谁去呀!”女人一边说一边哭,越说越凄凉,越哭越伤心。男人就怕女人哭,大木原本头脑蛮冷静,可是被女人眼泪水一泡,心就软了,返回了云彩山。

梁发子还在大木家等着,见大木两口子进门,眼睛都亮了。大木听他“呱呱呱”摆了一谱经,犹疑着问:“人命关天,你真能把这事儿摆平?"

梁发子嘴一撇,说:"你是犯了王法,可监狱里缺你一个于大木就关门了?你这事儿出在深山老沟,外人不知不晓,只要尚坤子舌头一打弯,说哑巴掉崖摔死了,毒蛇咬死了,犍牛抵死了……人一埋进土里,谁还会来替哑巴喊冤叫屈?只要拿票子把尚坤子的嘴巴塞住,还不是大事化小,小事化了?"

大木还没表态,女人在一边早就沉不住气了,拿出一千元钱硬塞给梁发子,叫他打点着先给尚坤子润润嘴探探深浅,看这事儿到底怎么个了法。

第二天,梁发子就转回来了,递给大木一张纸条,说是尚坤子写的保证书。大木展开一看,上面字迹歪歪扭扭的,不好认。梁发子说他给念念,于是拿过去就念了起来。

保证书上这样写道:

于大哥:

哑巴弟弟已经死了,不管怎么死,也都是个死,只当跌下阎王砭摔死了,埋了算了。从今往后,咱们还是好邻居。

尚坤子　　亲笔

梁发子念完,颇有些得意地看了大木一眼,夫妻俩好似吃了一颗定心丸,忙问梁发子要多少钱。梁发子说:"人敬我一尺,我敬人一丈!人家没咬牙印,那就全看你们心意了。"于大木只怕再发杈儿,就把自家两头大犍牛赶上,又带了三千元现金,去见尚坤子。尚家倒也爽快,二话不说,接了钱,拴了牛,就把哑巴装进他妈原先给自己备下的楸木棺材,架起在当院,只等第二天入土。大木两口子抚着棺材痛哭一阵,也就回了家。这天晚上,他们深深感到破财消灾后的安乐,沾床就睡着了。

五更,夫妻俩被门外牛铃叮当声惊醒,同时有人"咚咚咚"地敲门。大木一骨碌跳下床，开了门，只见送出去的两头大犍牛又回来了，梁发子坐在门外捶布石上抽烟。大木心里猛一抽紧，知道事儿变卦了，忙把梁发子让进屋。

梁发子一言不发，从一边兜里掏出一千元，又从另一边兜里掏出三千元，放在桌子上，叫大木点点。大木哪有点钱的心思，急着问怎么回事，梁发子摆摆手："别问了，别问了！"抬脚就走。

明明昨天尚坤子一口唾沫砸地上，怎么过一夜又舔起来了？难道非要大木抵命不成？大木气得一扭头，又倒在床上睡了。女人拽他不动，只好自己哭着叫着一直追到石坡岈，才把梁发子追上。女人说："梁大哥，你可不能把大木甩在半路，见死不救呀！"

梁发子瞪了她一眼，重重地叹了口气，说："你们昨儿个去尚家送东西，尚坤子他妈正巧在后山忙活。尚坤子原打算不声不响地把兄弟埋了算了，哪知晚上要给棺材封口时，他瞎眼妈不答应了，她要拿哑巴一条命，给尚坤子换一个儿媳妇。"梁发子边说边摇头："尚坤子三十多了，你家小花才十五，这事儿我实在张不开口。唉——我只好把牛呀钱呀再退给你。我要甩手啦！"

大木女人顿时就听呆了，愣怔了半天，心想：尚家要拿死人换活人，这不明明是把自家闺女往绝路上逼吗！她心里急得火烧火燎，奔回家把事儿给大木一说，大木"腾"的一下就跳起来了："拿闺女给我换命，我不干！我现在就去自首。"说罢，头也不回，出门就走。

这时候，天已经大亮了，闺女小花从河沟淘菜回来，见娘扶着门帮号啕大哭，又见两头犍牛拉回来了，就猜到准是尚家的事情变了卦，问妈，妈哭得说不出话，后来才断断续续把尚家要她做儿媳妇的事说了出来。小花一听，拔腿就去追大木，边追连喊："爹——你等等，爹——"

此刻大木已经一步一步爬上了轱辘岭，他走得很慢，他知道自己这一走，就将同云彩山永别了，不由回头再留恋地看一眼自家的那座瓦房,那片竹林,那粗壮的白果树……泪水悄悄涌上了他的眼眶。突然,从远处传来小花撕心裂肺的喊声,紧紧揪住了他的心,小花爬上岭尖,哭着扑进大木怀里,浑身哆嗦着,喘不过气儿来。

大木轻轻抚着闺女的头,嘱咐说:"花呀,别上学了,你帮着娘把牛喂好,咱家有几十穴天麻,几十棵杜仲,年年都有收成,你们娘俩日子不会断顿的。熬上十年八年,你长大了,你娘也就熬出来了。爹给尚哑巴抵命,爹不害怕。你回去吧!"

小花哭着跪在地上,抱着大木的腿说:"爹,我给你换命,我情愿。"

大木摇摇头:"不行,花呀,你才十五呀!为给爹换条活命,去嫁给三十多岁的男人,爹这样活着比死了还难受。你让爹去吧!"

小花把爹的腿杆抱得更紧:"爹呀,我不叫你走,你走了,我就成了没爹的可怜人儿啦!"

父女俩在轱辘岭上抱头痛哭,这时候,大木女人和梁发子也追了上来。

梁发子对大木说:"小花她妈让我来劝劝你们父女俩,咱们在这荒山野岭上说话,不怕野猪獾子偷听,也不怕树木林郎传话,咱就打开天窗说亮话吧。你们小花今儿个读几年级?"

大木说:"初中。"

梁发子点点头:"这就是了。小花再过五年才够结婚年龄,五年呀,这就跟贷款一样,五年以后才叫你偿还,你不敢去贷,就发不了财。"

"这——"大木一听,梁发子这话不是没有一点道理呀,再过五年,小花高中毕业了,到那时,下广州,去深圳,尚坤子还能把她拴住?夫妻俩一嘀咕,决定让梁发子去尚家回话,同意现在定下婚约文书,随后,一家三口就回了家。

夫妻俩刚喘下一口气，谁知梁发子已经转了回来，说是尚家要扳倒树干抓老鸹，先结婚后埋人。

大木一听就跺脚："妈的，这不是憋死人了吗？我去认了算了，可不能屈死花呀！"

"哎呀，你这个死脑筋疙瘩！"梁发子一把拉住大木，"你先应了尚家，到时候政府的干部看小花年龄不够不会同意，尚坤子就没辙了，他能把婚姻法改了？"

"那有什么用？"大木说，"他婚结不成，这事儿还是没法了！"

"那可不一样！"梁发子若有所思，"小花跟他去登记，尽管年龄不到，但说明你们有诚意。退一步讲，就是他硬要结婚，小花到时候还可以跑，上广州、深圳去打工，现在十五六岁出去打工的有的是哩！这样做，至少可以让尚家先埋人。人一入了土，你们还怕什么！"

梁发子掏心掏肺一席话，终于说动了大木一家，于是15岁的小花便跟着梁发子去尚家，约尚坤子去乡政府登记。

三个人自然一路无话。走进乡政府结婚登记室，只见两个干部正蹲在地上下象棋，"车马炮"正打得厉害呢，兴头上哪里顾得上细细查问，收钱盖章就是了。事情竟然办得如此顺利，尚坤子乐得喜笑颜开，不过这回他多了个心眼，他怕好事多磨，硬拽着小花一起回家，当场就想把婚事办了。小花没防着尚坤子来这么一手，一路上又急又怕。梁发子朝她眨眨眼，乘尚坤子不注意的时候，附着她耳朵轻轻嘱咐了几句，然后便对尚坤子说，要去给大木夫妻俩回个话，半道上走了。

且说尚坤子到了家，把小花关进房里，随后就把哑巴兄弟抬到野猪峡埋了，毕竟要办喜事了么，家里放个死人总是忌讳的事。转回来，他的瞎眼妈让他把门板上原先贴的火纸"噌噌"一撕，换上早已准备好了的大红"喜"字，又在门脑上挂了一扎大红花。本来，长年在深沟里住着，就和山下人没什么大往来，加上如今这么些个事儿,所以尚家也不准备叫什么客人,先把事情办了再说。

三十多岁的汉子第一次要同女人睡觉,尚坤子早已激动得浑身燥热。他痛痛快快洗了个澡,随后赤裸着身子推开房门。咦?没人!再看床上,被窝冰凉。不对!尚坤子赶紧奔出屋,门前院后地找,不见小花半个影。

“小花跑了,跑了!”尚坤子捶胸顿足,瞎眼妈惊得一屁股跌坐在地上,喊天哭地地嚷着:“我可怜的哑巴儿呀,你算是白死了!”

尚坤子埋怨老妈不该听信梁发子的话,本来可以好好拿一笔钱的,现在落得个人财两空。瞎眼妈说:“我一个瞎子又看不见他是啥样人,只听他一次次来给我出主意,说话挺入耳。可你怎么也看不出来呢?”

其实,小花是按梁发子半路上对她的嘱咐,伺机跳窗逃跑的。梁发子关照她逃出尚家后就沿着石坡岈走,他会在那儿接应她,送她出山打工,逃离虎口。可是,小花刚爬上石坡岈,突然有个大汉从岩石背后蹿出来,将她一把拖上一辆嘉陵摩托,飞向山外。这个大汉实际上是梁发子给叫来的!原来,梁发子竟是披着人皮的狼!15岁的小花一点也没提防,就被梁发子卖掉了。

后来,柿子坪派出所得到消息全体出动,不出三天就把小花给追了回来,梁发子最终也没能逃过法律的制裁。可是,深山沟里的这两户人家,于大木和尚坤子,从此成了仇人。

（封光钊）

（**题图:**杨宏富）

丈夫身上的印痕

李丽在市中心的新华书店上班，丈夫刘辉是一家出租汽车公司的司机。两人结婚已有10年的光景了，夫妻感情总体上还算可以，可自打去年开始，他们之间的关系就摇摇欲坠了。

说起来话长。一年前，刘辉的叔父刘敬斋从海外归来，斥巨资兴建了本市规模最大的百货商场，自任董事长，委任刘辉担当总经理，全权负责商场的经营管理。

有道是夫贵妻荣。

丈夫坐上总经理的宝座后，李丽脸上也觉得光彩照人，但渐渐地，她感到不安起来。她知道企业家有带夫人出外应酬的习惯，可自己压根儿没有过这种待遇。还有，从去年冬天以来，丈夫每隔一周必找借口外出一次，她注意到丈夫的衬衣上常常粘有女人的长发,从外面归来时,衣服上甚至残留自己不曾用过的香水味。

李丽心中充满了嫉妒和愤恨,她决定暗中追踪丈夫,抓奸捉双,但丈夫像个泥鳅,滑得很,不好对付。一天夜晚,她偶然发现丈夫的小轿车开过,就机敏地躲在一边,等丈夫的车拐过街角,她迅速跳出来叫出租车,不想这一躲一等,已过去了五分钟,丈夫的车早就没影子了……

到了夏天,李丽注意到丈夫外出更加频繁。这天清晨,她早早地起了床,丈夫还在床上酣睡,在清理丈夫的换洗衣服时,李丽突然发现丈夫胸部有几条红红的印痕,像是指甲抓过的痕迹,但比指甲的抓痕更深、更宽,印痕中间甚至有许多小水泡,皮肤有溃烂的迹象,李丽心里醋意十足。

第二天,丈夫带回大堆的药品,李丽挖苦道:“百货公司的经理怎么开起药店来了?”

刘辉苦笑道:“经理也有生病的时候啊。”

“哟!您病了?什么病呀?”李丽佯装不知。

刘辉递过病历本,李丽翻开一看,上面写着“隐翅虫性皮炎”。

难道不是女人的指甲印?李丽满腹狐疑,她抽空去了一趟医院,大夫告诉她,隐翅虫是一种奇特的昆虫,它的种类很多,有些种类可以引起皮炎。还说,这昆虫生活的区域很广泛。市东城区一带在新辟的山地上建设居民区,周围都是荒山野岭,昆虫繁多,最近发病者多集中在那一带。对于充满术语的解释,李丽并没听懂多少,但对本市发病集中的地区却铭记在心,她知道,东城区在本市的东部,原来属于郊区,由于城市规模的扩大,现已变成城市的一部分了。那里地处偏僻,但交通便利,新建的住宅区向社会各界出售商品房,这无疑给刘辉频繁幽会提供了方便。

知道了大致的方向，跟踪就不太困难了。一天晚上，刘辉开着车出了门，李丽叫到出租车时，刘辉的车在茫茫的夜色中已无影无踪。李丽坐出租车全速向东驶去，她吩咐司机："请把车内的灯关上。"

出租车内一片漆黑，李丽两眼辨认着前方的汽车，终于车前灯照亮了李丽熟悉的车牌号，出租车尾随而行，进入了住宅小区。

刘辉的车在一幢住宅楼前停下，李丽在黑暗中见丈夫从车内出来，"咚咚咚"向楼上走去，不一会儿，六楼的窗口亮起了橘黄色的灯光。想到丈夫此刻就在自己的眼皮底下跟别的女人寻欢作乐，一股嫉妒之火从李丽的心底烧上来，她的眼中充满了屈辱和仇恨。

一个月过后，刘辉对家里的一切愈来愈挑剔了。这天，两人在饭桌上口角几句，李丽稍加争辩，刘辉一拍桌子，连饭也没吃完，就甩门走了。

李丽一肚子冤水，坐在桌旁老半天没回过神。

忽然，她发现茶几上放着丈夫的皮包，浑身一激灵，走过去翻了起来，发现里面除了签字笔、名片和业务往来的票据外，还有一本5万元的活期存折，再看看户名：胡丽丽。她心里骂道："难怪说没钱嘛，原来都进了这狐狸精的无底洞了！"

李丽两眼冒火，翻开皮包的另一层，只见里面有一本《孕产妇必备》，看看扉页的字，"九七年七月于深圳，"落款是龙飞凤舞的"刘辉"两字。

看着这个名字，李丽觉得丈夫离自己愈来愈远了，这样下去，离婚姻破裂的日子不会太久，只要对方的孩子一落地，婚姻的天平就会发生倾斜，到那时，再说什么也没用了。

家里的旧空调发着"嗡嗡"的噪声，空气一点儿也不见凉快，李丽心中极度烦躁，难道等着被别人像扔一件破衣服似的抛弃掉吗?

李丽冷静下来后进行了周密的谋划,丈夫从去年冬天频频外出,到现在已有7个月了,李丽确信那女人已怀孕数月,很可能已有点行动不便,她的心中又多了几分成功的把握。

正好丈夫刘辉陪叔父一早就飞到广州,签一份重要的合同,李丽觉得时机来了!

晚上7点钟,她坐出租车出了门,为避免给司机留下印象,她在中途换了车,然后向东城区驶去,离小区不远处又下了车,步行到楼下,见周围没有人,只有一辆出租车像要拉客似的在身边停了停,然后慢慢地开走了。

六楼的卧室没有灯光,只在客厅内有微弱的光亮。上了楼,李丽伸手去按门铃。

不一会儿,楼道内的灯亮了,门里边有了动静,正有人从猫眼里向外打量着她,见是个女人,就开了门。

"您找谁?"门里边现出个大肚子的女人。

"请问胡小姐住这儿吗?"

"我就是。"

"刘总托我来看看您。"

"他怎么没通知我呢?"女人迟疑片刻,随即很有礼貌地说道,"那就请进来吧!"

李丽进了屋,客厅内没开灯,只有电视屏幕闪着荧光,那女人开了灯,李丽才看清这屋内的摆设:家具、电器一应俱全,地板也是当今流行的大理石,表面光滑如镜。

那女人二十岁左右,模样俊俏,脸上甚至有几分孩子气,李丽见她腆着大肚子倒茶,试探地问:"您一个人住这儿? 晚上害怕吗?"

"嗯! 您是刘总派来的保姆吗?"

一听这话,李丽仇恨的火焰立刻烧了上来,她猛扑过去,把女人按倒在沙发上，抓起一边的毛毯，狠命地捂住女人的头部，膝盖抵着女人隆起的腹部。

也许出于母性的本能，那女人双手护住腹部，拼命叫道："我的孩子……"可是，李丽没有松手。于是，不到十分钟，毛毯下面便没有了动静。

李丽擦掉可能留下的指纹和脚印，又在灯光下细心地检查有没有掉下纽扣之类的物证，沙发上有几粒绿豆大小的东西，她用两个指头轻轻地捏起，举到眼前细看，见是刚才扭打时碾碎的小虫子，这才放心地熄了灯，关门离去。

第二天平静地过去了。第三天，李丽感到脖子上又痛又痒，身体也有点不舒服，但她仍然像往常一样按时上班。一大早，书店里顾客稀稀落落，她站在儿童柜前看着当天的报纸，报上登出了凶杀案的新闻：我市东城区某住宅楼内发生一起凶杀案，死者为二十岁的女性，腹中尚有一个六个月大的胎儿。据法医鉴定，死因为窒息死亡，死亡时间为7月15日夜7点至10点之间。望知情者提供线索……

新闻内容简略，没有说明现场有否留下物证，连死者的名字也没提供。

中午，临近换班前，顾客渐渐多起来，李丽已收拾好随身携带的物品，准备交班。这时，一名年轻的女顾客递过一本书，问道："请问，这本书有卖吗？"

李丽看了看封面，是一本《孕产妇必备》，于是很有礼貌地说道："您到医药卫生柜找找看。"

"您仔细看看，您也许见过这本书呢！"

那人翻开封面，李丽一看扉页，脸色立刻变得惨白，左眼皮剧烈地跳动起来。她在扉页上看到了一行熟悉的字体：九七年七月于深圳，刘辉。这不是丈夫给那女人买的书吗？怎么到了她的手里？

片刻之后，李丽平静地答道："没见过。"

那女人递过一张纸片，说道："如果书店下次再进这种书的话，请通知我，这是我的地址。"

李丽接过一看，上面写着：五分钟后，红园酒家见。她赶紧把纸条揉成一团，塞进口袋里。

红园酒家在书店的斜对面，虽然近在咫尺，但对于家在本市的上班族来说，却是很少光顾的地方，李丽本想置之不理，但因对方作了明显的暗示，隐隐有威胁之意，她心里发虚，身不由己地踏进了红园酒家的大门。

在红园酒家的雅座里，那女人摊开一张报纸，指着一条消息说："您对这条消息一定很留意吧？"

李丽一看，正是早晨那条凶杀案的消息，她的心不觉狂跳起来，但嘴上却强辩道："这跟我有什么关系？"

"您一定听说过隐翅虫这种小昆虫吧？您于6月底请教过皮肤科的医生，我也怀着同样的目的请教了同一位医生。跟您一样，我也据此摸清了刘辉的幽会地点，不过后来弄清了那不是什么幽会，只是替自己的叔叔照顾'金丝鸟'而已。7月15日，刘辉和他的叔叔到广州出差，临时通知我去照顾这位快要临产的'婶婶'，8点过5分，我坐出租车来到小区，正准备停车，就看见了您，我只好到远处停下。半小时后，您下了楼，我上去时，发现那位'婶婶'已被害身亡了……"

李丽几乎听不清下面的话了，她只觉得女人的红唇一张一合，她脑子里一片空白："难道你才是我一直要寻找的我丈夫的秘密吗？"

"是的，我才是刘辉的女人，您费尽心机却杀了一位无辜者。"

"这完全是诬陷！7月15日晚我在家看了一晚上电视节目！"

“您以为没有证据吗？您只需看看自己的脖子就知道了。”

李丽早就发觉脖子上又痒又痛，这么一提醒，忙摸出随身携带的小镜子，仔细一照，只见从颌至颈有几条红红的抓痕，中间有许多小水疱，有的地方已开始化脓了。

“这就是人的手接触碾碎的隐翅虫后留下的印痕，医生们会根据印痕的程度，判断你是什么时候接触隐翅虫的。这种小虫在市区内是没有的，如果您7月15日夜一直在家看电视的话，那么，您身上的印痕又是从何而来的呢？”

那女人说着，从包里摸出两张纸来：“这是您和丈夫的离婚协议书，如果您不想杀人偿命的话，就请签上您的名字吧！”

李丽感到自己在一个黑暗的深渊里渐渐地下沉、下沉……

（吴家兵）

（**题图**：刘斌昆）

烧出来的祸

先说街北的刘家，是一个屠户，哥哥刘一刀，专管下乡收购生猪，弟弟刘二刀，在街上摆摊儿卖肉。俗话说："兄弟同心山成玉。"这弟兄两人抱成团，配合默契，生意自然十二分兴隆，很快成为镇上数一数二的富户。

这年春暖花开的季节，刘氏兄弟的老爹无疾而终。对于高寿老人，这是一个不错的结局，可刘家是富户，偏偏要在丧事上弄出些是非来。

说起这刘老爷子，早年是挺贫穷的，打了半辈子光棍，四十岁上才花了五百元钱从人贩子手上买了个四川女人，算是半路上成了一个家。谁知这女人生下两个儿子后，前夫从四川找到青龙镇，通过政府的干预，又把她领回四川，刘老爷子没钱再娶，就又当爹又当妈,含辛茹苦把两个儿子拉扯成人,还给他们成了家,一年后,又各得一千金。

这段辛酸的家史,刘氏兄弟没齿难忘。因此他们富起来之后,就对老爹百般孝顺,吃穿住用在小镇都是一流的,现在老爹死了,在后事的安排上,自然是要极尽哀荣。

兄弟两人心往一处想。传统的唢呐班子不用,请了县剧团的乐队一遍一遍地奏哀乐。不要和尚道士念经文做道场,高薪聘了剧团几个唱青衣的演员哭灵。一切准备就绪,刘一刀就与弟弟商量:"明天出殡怎么样?"

刘二刀想想确也没有什么遗漏,正要点头同意,却猛然想起一件事情,"哗啦啦"滚下一串泪珠子,拖着哭腔说:"哥呀,咱们不孝哇!"

刘一刀一怔:"漏了什么事,你快说!"

刘二刀欲言又止,吞吐了半天才开口:"不说罢,说了也办不到。"

刘一刀是个急性子,况且他是长子,老爹的丧礼稍有不周,如果惹得别人耻笑,落话柄的肯定是他,因此就一连声催道:"咱家有的是钱,没有办不到的事!你说吧,漏了什么事,需要多少钱,咱立马去办!"

刘二刀犹豫了半天,还是把心事说了出来。本地的风俗,夫妻去世后是要合葬的,土话叫作并骨。可现在生母远在四川,音信不通,下落不明,不管是现在还是将来,都不可能与老爹合葬并骨。可怜老爹前半生是单身,后半辈子是鳏汉,死后又无人作伴,那是何等的凄凉!

听了这一番话,刘一刀也深感内疚。可仔细想来,这问题又实在不好解决。你就是再有钱,谁肯将自己的妻子或老娘的尸骨从土里刨出来,与一个不相干的男人合葬?可不给老爹找个伴儿,又算什么孝子?

到底是刘一刀年龄长、见识广，愁了一阵子，突然一拍脑门说："有了！我们既然可以用纸扎轿车、洋房、彩电，供老爹身后享用，为什么不可以用纸扎一个'小姐'？"

刘二刀转悲为喜，连说这办法好，并自告奋勇，骑了摩托车飞奔县城，为老爹选购小姐。

县城的几家殡葬用品商店，都出售纸扎的小姐，可刘二刀看了都觉得不满意，嫌做工粗糙，面目呆板，特别是那五颜六色的纸衣服，风一吹"哗啦啦"响，好像是车站拉客的下等妓女，也太糊弄死人了。在最后一家店里，老板见刘二刀像个大买主，就殷勤地询问："先生到底想要什么样的小姐？只要你肯出钱，就是西施那样的大美人，本店也做得出来。"

刘二刀其实也说不出个标准，想了半天，说："年轻美貌是肯定的，要她像一个活女人！"

老板拍着胸脯说："请留下定金，明天我用车给你送去。她从本店走，本店就算她的娘家。"

留下一千元定金，刘二刀连眼睛都没有眨。

第二天上午，那老板开车为刘家送去一个纸小姐。虽说是纸扎的身架，但穿了件今年流行的荷花色束腰连衣裙，衬得乳丰臀肥，头上戴了一个披肩发的发套，脑门上还染出一缕黄色，最妙的是下巴上还点了一颗美人痣，看上去顾盼生辉，风情万种，乍看去活脱脱就是一个真小姐。

刘氏兄弟看了都很满意，小心翼翼地把纸小姐抬下车，恭恭敬敬地安放在老爹的棺木前。有这样一位佳人相伴，老爹身后也就不会再寂寞了。

刘家的丧事既豪华又新潮，吸引了不少街坊邻居看热闹。这个夸柏木棺材又厚又重，只怕一千年也不烂；那个说那轿车好像是奥迪，比镇长的桑塔纳还高出一个档次。最引人注目的，还数那个真人大小的纸小姐，老辈人都说她比那个四川女人可要强出一百倍，想不到刘老爷的身后可真是艳福不浅。

突然，有人压低声音悄悄说，那纸小姐怎么像南街的马玉姗？他这么一说，马上就有人接口道：真的，瞧下巴上那颗美人痣，和马玉姗下巴上那颗一模一样，也是偏右一点点！人们于是就仔仔细细打量起那纸女人来，越看越像，活脱脱就如马玉姗站在那里！

真叫无巧不成书，马玉姗此时正好也在人群里看热闹。除那颗惹眼的美人痣，她也是长发披肩，脑门那儿也有一缕染了金黄色。更巧的是，今年流行的荷花色束腰连衣裙，她也买了一件，今天正巧穿在身上！

马玉姗见人们的目光一会朝纸小姐身上扫描，一会在自己身上聚焦，不由犯起了嘀咕。她是个聪明人，从人们的闲言碎语中马上就听明白是怎么回事，顿时涨红了粉脸，皱紧了双眉，一声不响地匆匆挤出了人群。

人们忽然有些紧张，心说：这下该有好戏看了。

这就该说到南街的马家了。马家也是屠户，干的也是白刀子进、红刀子出的生意。与刘家不同的是，他们不杀猪，而是宰羊。马玉姗的老爸马大头，今年五十多岁，原先是镇副食品站的职工，专司宰羊，后来辞职干起了个体户，还是以宰羊为业。马玉姗的两个哥哥马虎、马豹，一个下乡收羊供老爸宰杀卖肉，一个专做皮毛生意，马玉姗高考落榜后，就在家帮老爸照看摊位。这里又用得着一句俗话，叫“父子协力土变金”。马家父子同心携手，生意异常红火，也是镇上的富户之一。

且说马玉姗跑回家中，见了她爹马大头，再也憋不住一肚子的屈辱和惊恐，“哇”一声就哭了出来。

马大头对这个千金爱如掌上明珠，哪容她受半点儿委屈，忙丢下生意问：“咋回事？”

马玉姗越哭越厉害：“他们刘家，欺负人！”

这青龙镇姓刘的不少,但还没有哪家对财大气粗的马家另眼相看。马大头问:“哪个刘家?”

马玉姗说:“北街杀猪的刘家!”

马大头就有些不明白了,马家在街南,刘家在街北,一个杀猪一个宰羊,既没有生意上的竞争,又没有邻里间的纠葛,井水不犯河水,他欺负我们干什么?况且我马家的三把刀子也不是吃素的!他催问女儿:“到底他们咋样欺负你了?”

马玉姗哭哭啼啼说了事情的原委,跺着脚道:“比着我的样子扎个纸小姐给那死老头当小老婆,这不是咒人吗?这不是糟蹋人吗?”

居然有这等事?马大头火冒三丈,撂下生意不管,拎了砍肉的钢刀,就奔了刘家。

马大头气势汹汹地闯进刘家的灵堂,一眼瞧见那纸小姐真的与自己的女儿一模一样,不由怒从心头起,恶向胆边生,“呼”的一声把那把钢刀砍在刘老爷子的棺盖上,厉声叫道:“刘一刀,你给我过来!”

刘一刀身着孝服,头上缠着孝布,正在安排送葬队伍的顺序,听得叫声走进灵堂,一见马大头那个架势,不由攥紧了拳头:“马大叔,有什么事?”

“畜生!”马大头指着那个纸小姐,“你们比着俺闺女弄这个纸小姐,到底想干什么?”

刘一刀看看那纸小姐,不由一怔。原先也觉着纸小姐挺面熟,可因为事忙,想不起像哪一个,现在马大头一提醒,再看那纸小姐,可不就是马玉姗的孪生姐妹?难怪马大头生气,这事儿也的确不合适。可他不能把错误往自己身上揽,忙解释说:“纸小姐是商店做的,我们花钱买的,像谁不像谁,与我们有什么相干?”

这时刘二刀也挤了过来:“我们花钱孝敬自己的老爹,谁管得了!”

马大头虽横,但在青龙镇地界也还论理。对呀,纸小姐是商店卖的,又不是人家自己扎的,这就排除了刘家寻衅滋事的可能。你怎么追究?师出无名嘛!马大头憋了一肚子气,却找不到发泄的出口。

刘一刀不愿在老爹的丧事过程中出现什么闪失,那样不吉利,也让老爹走得不安宁。他忍着气从棺盖上拔出那把钢刀,说:“马大叔,我这里正忙着,也没工夫陪你喝茶说话,你就去忙你的生意吧!”

马大头纵有满腹怨恨,可他讲不出什么道理,只有悻悻离开。俗话说“人死为大”,丧主家可不允许别人胡搅蛮缠。

刘家大院里响起一阵吆喝:“请老爷子上路了!”

浩浩荡荡的送葬队伍上了路,吹吹打打来到刘家坟地。十几个精壮汉子一齐用力,缓缓地把棺木放进早就挖好的墓坑。伴着阵阵哀乐和鞭炮声,那些纸糊的楼房、轿车、彩电,以及那个纸小姐,顷刻之间化为灰烬。

再说马大头回到家里,还没有停下喘口气,老伴就急忙报告,闺女玉姗浑身发烧,满嘴胡话,病得不轻!马大头强压怒火,忙把闺女送进镇医院。几个老中医把脉诊断,结论都相同:惊吓所致,急火攻心。于是吃药打针输液,忙了好一阵子,病情才得到控制。

闺女病情稍稍稳定,马大头就来到病房外边,打了手机打呼机,十万火急,刻不容缓,通知两个儿子速速回家。

中午,马虎、马豹双双回到家里。马大头通报了马玉姗的病情和病因,道:“刘家在县城买的纸小姐,和咱家玉姗一模一样,他们在坟上一烧,咱家玉姗就犯了病,这事可咋办?”

马豹性烈如火,一听这事就跳了起来:“奶奶的,跟他们拼了!咱家三把刀还怕斗不过他家两把刀?”

马大头说："可人家说纸小姐是商店扎的，像谁不像谁，与人家不相干。"

与他们不相干？马家受此大辱，妹妹受了惊吓，这事怎能就此罢休！马豹瞪了一会儿眼，说："那就以牙还牙，把他家的女人都比着扎成纸人，烧它个干干净净！"

马虎摇摇头说："给谁烧？送给谁？"

这倒是个问题。估计天南海北都一样，纸小姐都是烧给死人享用的。自己家里又没有死男人，扎了纸小姐烧给谁？弟兄两个都没了主意，都拿眼睛看着老爸。

马大头也挺犯难："我这身子骨，估计十年八年也死不了，就是死了，百年以后有你们妈跟我合葬并骨，不必烧个纸女人惹是生非。"

马豹急得直跺脚："我们就咽下这口气了？"

马大头拍了一阵大脑袋，终于拍出了一个主意。原来马虎、马豹上边还有一个哥哥马龙，只活了十岁就夭折了，屈指算来，死了整整二十年了。现在何不在他身上做点儿文章？

马虎点点头："大哥一个人在地下挺孤单，就给他烧吧。"

马豹说："算来大哥也有三十岁了，早到了婚娶的年龄。反正咱有的是钱，送他三妻四妾也没问题！"

事情就这么定了。

为此，马家花钱雇了个小偷，当晚就上刘家把他们的全家福照片弄到手。第二天，马豹把照片送进县城一家殡葬用品店，让他们照着相片上女人的模样扎纸小姐。那老板见利忘义，答应制作，但狮子大张口，要了很高的酬金。马豹财大气粗，又报仇心切，说："只要活儿做得让我满意，酬金之外我还要另付小费呢！"

这一边，马大头早放出风声，要给早夭的大儿子过二十周年，备猪羊三牲，买香丧火纸，请唢呐班子，让亡儿享受一番小康生活。

给一个早夭的小儿过二十周年,这在青龙镇还是破天荒头一遭。人们一边暗骂马家富烧,一边忍不住到马家看新鲜。开祭那天,青龙镇几乎万人空巷,马家门前热闹非凡。眼见十点刚过,一挂万字头的鞭炮炸出一条路来。几个雇来的闲人帮着马家抬祭品,猪头、牛头、羊头都是真家伙;轿车、洋房、彩电虽是纸扎的,也都精致漂亮。最让人吃惊的是那四个纸女人,两大两小,服饰发型,腰身脸蛋,一眼就可以看出是比着刘家的两个媳妇和两个女儿做的!

人们窃窃私语,议论纷纷,这马家厉害呀,人家扎了他们一个闺女,他们就扎了人家四个女人!马家父子听在耳里,乐在心上,他们要的就是这个效果!在青龙镇,想和马家斗富争强?没门儿!

也是冤家路窄,马、刘两家的坟地,中间只隔着一条土路。这一天,是刘家老爷子死去的第七天,按照风俗,刘家正给老爹过"头七",给新坟添土烧纸。初见马家祭奠的队伍走过,他们还有点惊异,没听说马家死了人呀?待队伍走近,隔路相望,刘家的人目光都死死盯上了那四个纸女人!

刘家的两个小女儿才八九岁,还不解人事。

妹妹对姐姐说:"瞧,那一个多像你,小辫子翘到天上去了!"

姐姐指着另一个小纸人说:"那一个更像你,缺一个门牙,还傻笑呢!"

刘家的两个媳妇惊恐万状,紧紧护着各自的女儿。刘家兄弟血冲脑门,牙齿咬得格格响,连路那边的人都听到了。

马家的队伍来到马龙的小坟头前,马大头说:"儿啊,你死得早,没过上好日子,爹给你补一补。"

马豹说:"哥,这四个女人,你就轮换着用吧!"

马虎一按打火机,一股火苗蹿出来,四个纸女人顿时陷身火海。

刘家的小女儿失声哭叫:"妈,别让他烧我们呀!"

刘一刀大张着血红的眼睛,拖着铁锹越过土路:"姓马的,你们别欺人太甚!"

刘二刀抡着钉耙奔过来:"哥,这时候还有啥理可讲!"

马家父子早有准备,纷纷拔出了腰里的钢刀。

狭路相逢,短兵相接,杀猪的碰上宰羊的,个个都是打斗的好手,两家人很快扭在了一起。待围观的人们把双方分开,两家坟地中间那条小路已经被鲜血染红了。刘家势弱,一死一残;马家人多,却也一亡二伤。

后来呢,事情闹到了县法院,该判的判了,该罚的罚了。青龙镇上从此少了两个富户,多了一个疯子,那是马玉姗,她披散着头发,一边乱跑一边喊:"别烧呀,别烧呀……"

(曲凡杰)

(**题图:**箭　中)

只要装得像

张二金一向不务正业，有时还爱干些坑蒙拐骗的勾当。前些天，报上登了一则社会新闻，说有个人故意去撞汽车来勒索医药费，这一下触动了张二金的神经，他心想：我何不也来试试？说不定能赚大钱呢！

于是张二金就试着干了几次，果然每次都能弄个二三百块的。干得多了，经验自然越来越丰富，野心也越来越大了。为了伪装得更像，多讹对方的钱，张二金故意在倒地的一瞬间把鼻子弄破，制造血淋淋的假象，这一来，可把那些司机唬得够呛。

有一天，张二金又在大街上瞎遛找目标。在一个小丁字路口，他远远地看见一辆进口小轿车驶了过来，走近了一瞧，是辆外地车。他眼睛一亮：凭经验，开这种车的都是有钱人，又身处外乡,大多抱着破财消灾的想法,出起钱来肯定比在本地的主儿痛快得多。这可是个千载难逢的好机会啊,于是一场“好戏”又开演了。

果然,一切都按照张二金预先设想的那样,司机紧急刹车,张二金倒地,再狠揍自己鼻子,让鼻血赶快从鼻子里涌出来。接下来就应该是司机下车来和他谈私了的事情了,张二金闭着眼睛,果然感觉有人到他跟前来了,而且还不止一个,他叮嘱自己,一定要沉住气。

他感觉其中一人俯下身来,用手轻轻推了他一下,紧张地问:“喂,哥们儿,怎么样,伤得重吗?”

张二金故意慢慢睁开眼睛,见问他话的是一个蓄着两片小胡子的男人,在他旁边的是个光头,再旁边还围着几个人,可能是过路的吧?张二金不答话,只是装模作样不住地呻吟,显出一副痛苦不堪的样子来。

光头和小胡子有点不知所措,慌慌张张地就把张二金往车上抬,说是赶快送医院。

围观的几个人中有个小伙子挺热心,对张二金道:“大叔,你赶快报个号码,我帮你给你家属打个电话,让他们别着急,你先去医院治伤要紧。”

张二金肚子里觉得很好笑,为了把戏做足,他于是就把自己家里的电话号码说了一遍,还假情假意地连连向那个小伙子道谢。

光头和小胡子的车很快就上了路,张二金真就以为这两个人是把他往医院送,可等车开出一段路,他觉得不对劲了:这车怎么一直朝城外开啊?

忽然,他听到小胡子在埋怨光头:“让你小心,你就是不听,这下好了,惹麻烦了吧?”

光头问他:“那你打算怎么办?”

小胡子鼻子里“哼”了一声:“这还不容易,找个没人的地方,把这小子扔了完事。”

张二金气得差点没背过气去,心说:好啊,怪不得车往城外开,原来是想给我玩邪的,你们也太小看我了。不行!

他正要吼,只听光头又说:“幸好咱俩跑得快,要是警察来了,咱们还得被通缉,到那时就全完了……”

小胡子急忙止住他:“你他妈胡说啥?小心让那小子听到。”

光头也意识到失了口,连忙回头看,张二金赶紧闭上眼。光头这才“嘿嘿”一笑:“你放心,他跟死人一样,要是他听到,我立马做了他。”

光头这后一句话,让张二金吓得一缩脖子,再也不敢开口了,心里直骂自己倒霉:讹谁不行,咋偏偏撞上俩通缉犯,这不要命吗?他一动不敢动,索性盼着他们赶快把自己扔了。

车又开了好一会儿,小胡子接了个手机,然后方向盘一打,车就拐上了一条凹凸不平的土路,向前开了一阵,然后停了下来。小胡子和光头四下看看没人,把张二金从车上往下一扔,然后掉转车头就扬长而去。

直到他们跑得没影了,张二金才敢睁开眼睛,他站起来不由长吁了口气:谢天谢地,这两个人总算没对自己下毒手!可再想想自己白折腾了一气,啥都没捞着,不觉丧气极了。他辨认了一下方向,发觉这儿离市区其实还不是很远,于是就蔫头耷脑地一步一步朝城里走。

到了家里,张二金忽然想起来:既然这两个家伙是通缉犯,那举报肯定有奖赏。问题是自己当时没记下他们的车牌号码,唉,他真恨不能扇自己俩嘴巴。

他正跟自己生闷气哩,突然又想起来自己那辆自行车还在出事地方,赶紧出门去找,不想与慌慌张张进门的老婆撞了个满怀。

老婆看见他，打了个愣怔，随即疯了样地哭骂道："你这挨千刀的，咋没让车真把你撞死呀……报应啊……一万块钱就这么被人骗了……"

张二金丈二和尚摸不着头脑，听老婆说了半天才弄明白，原来就在他出去撞车讹钱的那会儿，有个自称是医院的工作人员给他老婆打电话，说他被汽车撞成了重伤，肇事车辆已经逃逸，警察正在追捕中，让他老婆马上带一万块钱去医院交押金，先救人要紧。这人说四十分钟后在医院大门口等他老婆。他老婆一听男人出了车祸，光顾着着急，哪里还会细想，连忙到银行去取钱，随后赶到医院，果然看到大门口有个穿白大褂的等着，说是赶快要去交押金，于是他老婆就稀里糊涂把钱给了那人。后来突然想想不对，再回头找，那人已经没了影，再跑到医院里面一问，根本没那回事儿，这才知道遇上骗子了……

张二金听完，差点没瘫在地上，半晌方回过味来：闹了半天，是我自己被人耍了啊！甭说，那个问自己家里电话号码的小伙子，与光头和小胡子那俩家伙原来是一伙的，他们这一手玩得真狠啊！

张二金悔啊，悔得肠子都青了。

正悔恨时，他老婆一个嘴巴朝他扇过来，骂道："你个缺德鬼，还愣着干吗，还不快跟老娘去公安局报案……"

（刘　年）

（**题图**：王申生）

你过不去这座山

年轻时，唐一功长得很帅。可人帅，时运却不济，干了好多年，还是个小科员。他老婆给他生下个胖小子，可不到一年，老婆竟然脚一蹬死了。你说，这不倒霉到家了？

然而，倒霉人也有时来运转的时候，局长大人的千金小姐就看中了这个帅哥。不过，千金小姐有个条件，她不愿当后妈，所以非得让唐一功把儿子处理了，才和他谈婚论嫁。

为了得到这位千金小姐，唐一功咬咬牙，抱着儿子一直跑到近边界的老黑山上，找到一个护林人，谎称自己找亲戚走迷了山路，趁护林人去解手的机会，把儿子留给了他。

就这样，唐一功如愿以偿地做了局长的乘龙快婿，官运也随之亨通，从小科员迅速变成了科长，又从科长升到了财务处处长的位子。官做大了，心也更贪了，几年下来居然贪了几十万元，不想最近东窗事发，他吓得携带赃款又上了老黑山。这里山高林密，遮天蔽日，离边界又近，唐一功心里的算盘是：伺机越过边境，去继续挥霍贪来的钱财。

这天，唐一功在山林里蒙头转向地走了半天，想找个山洞躲起来好好歇一歇，不想脚上被蛇咬了一口，痛得坐在地上抱着腿直叫"哎哟"。正巧这时，一个背着猎枪的老人走到这里，急忙拽了根青藤勒住他的腿，帮他挤出伤口里的污血，然后上了解蛇毒的药，把伤口包扎好。老人笑笑，对唐一功说："没事，这蛇毒性不大，再上一次药就好了。"

唐一功觉得这老人有点面熟，拼命回想，终于想起竟然是当年自己把儿子留给他的那个护林人。老人并没有认出唐一功来，自我介绍说他叫"赵石"，还眨着眼睛问唐一功："你是哪个单位的？到这深山老林里来干什么？"

唐一功灵机一动，说自己是森林调查队的科研人员，和同事到这里来搞调研，不想走散了，迷了路。他怕赵石不相信，又装模作样地补充说："老哥，你忘啦？十年前我来这里搞调研，咱们在山上见过面，我就是那个老刘呀！"

赵石眨巴眨巴眼睛，摇摇头，不好意思地说："想不起来，人老了，记性差了啊……那好，既然咱都是干林业的，咱就是朋友了，到我屋里去歇歇吧，午饭就在我那儿吃。"

唐一功不想多事，赶紧推辞说："老哥，不麻烦你了，我还得去找我那同事呢，你忙你的去吧！"

赵石故意虎下脸，说："你客气啥？我不是还得给你换一次药嘛，蛇毒治不彻底，会把腿烂掉的。"

唐一功一听害怕了：真要烂掉一条腿，那不全完了？反正这姓赵的没认出自己，顺便找机会打听打听自己丢弃了16年的儿子也好。于是，他便跟着来到了赵石在老黑山上的小屋。

小屋里的摆设十分简单，看上去好像只有赵石一个人住在这里。唐一功试探着问："老哥，你家里还有啥人？"

赵石说："还有个儿子，在县里念高中。"

"老伴呢？"

赵石苦笑了笑："像我这种人，谁愿意跟我在这老山林里受罪？"

"那你儿子……"

"嘿呀，这儿子是老天赏给我的哩！"说到儿子，赵石的眼睛分外明亮，口气也十分得意，"那年，一个陌生人突然给我送来个儿子，嘿，还真是块好料子！如今我儿子长得模样又俊，书又读得好，年年考第一，谁见了谁夸。他已经放暑假了，说是今天回来，兴许你能见着他！"

果然，到晌午时候，一个帅气的小伙子闯进屋来。

赵石高兴地对唐一功说："瞧，我儿子！"又指着唐一功对儿子介绍说："捡宝，这是森林调查大队的刘叔叔，脚被毒蛇咬了，在咱这歇一会。"

捡宝立刻恭恭敬敬地给唐一功鞠了一躬，亲热地叫了一声："刘叔叔好！"

唐一功两眼直直地瞅着站在眼前的这个一表人才的儿子，心里真说不出是啥滋味：明明是自己的儿子，却偏偏只能接受他叫一声"刘叔叔"，唐一功感到了一种从来没有过的愧疚和揪心的痛苦。他悄悄从背包里摸出一沓钱来，趁赵石在灶上忙午饭的时候，塞进了儿子的书包。

吃过饭，赵石对捡宝说："下午你替爸到林子里去巡逻一趟，我要送送你刘叔叔。"

捡宝答应一声，扎上裹腿，背上防身用的猎枪，就出了门。赵石似乎不放心，追到门外又嘱咐了几句，然后才回来对唐一功说："走吧，我送你去林场。"

唐一功一愣，急忙说："不用，我自己能走。老哥，你给我换药吧，换了药我就走。"

赵石的眼睛里突然射出两道犀利的光来，他瞪了唐一功一眼，说："药不用换，咬你的蛇根本没毒，我是故意留你在这里，就是为了让你看一看你的儿子。"

唐一功惊得目瞪口呆："你……你认出了我？"

赵石说："我不但认出了你，还看出你是一个可能犯了事、想逃到境外去的罪犯！"

唐一功头上冒出了豆大的汗珠子，他真没想到，赵石的眼睛怎么会这么厉害？眼下来硬的肯定不行，只得哀求说："老哥，看在我给了你这么好的一个儿子的份上，你就放我一马吧？我不会忘了你的。"说着，他又从背包里拿出三万块钱，"你先把这些钱留下，就算是供我……不不不，是供你儿子上学的……"

"你不要做梦啦！"赵石打断唐一功的话说，"要是你儿子知道这是赃款，他会怎么想？"说到这里，赵石的眼睛红了，"我刚才为什么没让他认你？我就是怕他年纪还小，心灵上承受不住这种打击。你想想，他小时候被亲爹抛弃了，而现在见到了亲爹，却又是一个要偷越国境的罪犯，他心里是啥滋味呀？"

唐一功被赵石的这番话说得心里又酸又苦，两行泪水从脸上流了下来："我……我不是人……不是人……"

赵石说："不过，我看到你偷着往孩子书包里塞钱，觉得你还算有点人性，还有救……"他边说边又从儿子书包里把唐一功刚才塞进去的那沓钱拿出来，装回唐一功的背包里，"这样吧，我给你个机会，你自己带着这些赃款到林场去找边防警察自首，争取宽大处理。以后改造好了，不管什么时候，我都会让儿子去认你！"

赵石这番情真意切的话，把唐一功感动了，他擦干眼泪，发誓说："老哥，你真是个有情有义的人，我听你的，我不但到林场去找警察自首,还要检举别人,争取立功!"

赵石说:"好,那你自己走吧,我就不陪你去了。咱们都是男人,说话一定要算话!"

唐一功点点头:"老哥,你放心,我一定说话算话!"说罢,他迈出小屋,大步向山下林场走去。走了一会,回头看看,见赵石还站在门口目送他,他朝赵石挥了挥手,继续往前走。

又走了一会儿,唐一功再回头看时,赵石已经回屋里了,他又往前走了一段,四处看看,认准确实没人时,便扭头钻进树林里,往山上奔去。其实,唐一功压根就不想去自首,他打算先在山上找个洞藏起来,等天黑后再想办法悄悄潜过边境去。

唐一功在树林里走走停停,四下瞅瞅,大约走了半个多小时,终于发现了一个山洞。他心里一喜,几步奔到洞口,刚想往里钻,突然传来一声大喊:"不能进去,洞里有毒蛇!"随着话音,一个人跳到他跟前,一把把他拽离了山洞口。

唐一功扭头一看,竟是提着猎枪的捡宝!他惊诧地问:"你……你怎么在这里?"

捡宝说:"我出门时,爸爸特地嘱咐我在这一带巡逻。"

唐一功心里不得不把赵石好一顿赞叹:"这个姓赵的!"

捡宝问:"刘叔叔,你这是要干啥?"

唐一功眉眼一转,说:"我要到林场去,见天色还早,就想再搞点调查,走累了,想进洞里歇一会,不想是个毒蛇洞,谢谢你救了我。"

捡宝脸上的神情分外严肃,他摇摇头,轻轻叹了口气,说:"可惜,我只救了你的身体,还没有救出你的灵魂……"

唐一功的脸"唰"的白了:"你这是什么意思?"

捡宝说:"你不要再装糊涂了!你其实根本不想去林场,你是想找机会偷越国境!"

唐一功强辩道:"你胡说!我堂堂一个科研人员,怎么会偷越国境？你快巡逻去吧，我在这歇一会就下山。”

捡宝坚决地摇头：“不行，我必须送你去林场！现在就去！走吧！”

唐一功眼见自己的玄机败露，气急败坏地喝道：“我告诉你，我……我就是你的亲爸爸！”

捡宝气愤的眼睛里含满了泪水：“不管你是谁，我今天绝不会放你过这座山！你现在唯一的出路，就是跟我一块到林场去！”

唐一功绝望了，此时的他，像个输光了一切的赌徒，他想夺捡宝手里的猎枪，作最后一搏。他慢慢向捡宝靠近，但捡宝很警惕，也慢慢往后退，就在唐一功向捡宝扑上去的刹那，赵石和两位边防警察赶到了，他们不由分说给他戴上了手铐。

赵石气愤地指着唐一功说：“你呀，哪像个男人！我们这里早接到了通缉令，你是根本逃不掉的。”

唐一功长长地叹了口气，垂下头时他瞥了一眼儿子，这时候捡宝已经转过身去，只看到他两肩一耸一耸的，显然哭得很伤心。

警察要押唐一功走了，捡宝忽然转过身来，擦了擦脸上的泪水，对唐一功说：“我和爸爸会遵守承诺的，只要你改造好了，我还会认你……”

赵石大吃一惊：“捡宝，你都知道了？”

捡宝点点头，说：“他在屋里往我书包里塞钱，我也看到了，我觉得很奇怪，所以爸爸突然让我去巡逻，我没有走远，我在小屋外听到了你们的对话……”

赵石仰天长叹，感慨地对唐一功说：“看见了吧，儿子已经长大了！现在就看你的啦……”

（杨学利）

（**题图**：魏忠善）

那个地方能养老

袁小军是小学二年级学生，这天放学，天上下起了小雨，他走出校门，把书包往头上一顶，撒腿就往家里跑。当跑到一个小胡同拐角处时，突然有个人拦住了他，他抬头一看，这人长相很凶，脸上有一条长长的刀疤。

“刀疤脸”蹲下身子，盯着袁小军看了半天，嘴角动了动，说：“你是袁小军吗？你爸爸是不是叫袁三？我告诉你，他不是你亲爸爸，我才是你亲爸爸……”

什么，这个人是自己亲爸爸？这怎么可能！袁小军又生气又害怕，他狠狠瞪了刀疤脸一眼，转身就走。可没等迈步，他的一只手就被刀疤脸抓住了。

刀疤脸咬着牙，恼羞成怒地朝他喊道：“怎么，不认我这个亲老子？哼，你乖乖跟我走，惹恼了我，小心把你卖了！”

“放开我……”袁小军哭叫着拼命挣脱。

这时候，袁小军的爸爸袁三正经过胡同口，袁小军知道爸爸是到学校去接他的，于是用尽力气叫起来：“爸爸，快来救我！”

袁三见儿子被劫，眼珠子都红了，他猛冲上来，朝着刀疤脸就扑了过去。然而，长得又瘦又小的袁三哪里是刀疤脸的对手，刀疤脸照着迎面扑来的袁三狠狠一脚踢了过去，只听袁三惨叫一声，双手捂着裤裆，仰面倒在地上，抽动了几下，就昏死过去。

“爸爸！”袁小军哭着扑倒在袁三身上。

过路人纷纷围了上来，刀疤脸一看情势不好，拔腿就跑，转眼便没了踪影。大家帮着袁小军赶紧把袁三送进医院，经过医生全力抢救，袁三总算保住了性命。

在医院里，袁小军终于明白了自己的身世，这个刀疤脸确实是他的亲爸爸。

袁小军两岁的时候，他的亲爸爸因流氓械斗进了监狱，袁小军就跟着母亲上街乞讨。可他母亲是个瘾君子，终于有一天因吸毒引起全身器官衰竭而死在了街头，是好心肠的袁三把袁小军抱回了家。那时袁三靠捡废品为生，年龄还不到三十岁，邻居们正张罗着给他找对象，袁三寻思了半天，最终还是谢绝了，他想把仅有的一点钱留着，抚养袁小军长大成人……

弄清楚了自己的身世，袁小军感动得直流泪，他对袁三说：“爸，你就是我的亲爸爸，你放心，我会养你一辈子的！”

“我的好儿子！”袁三一把搂过袁小军，也落泪了。他担忧地对袁小军说：“那刀疤脸肯定还会来找麻烦的，城里我们怕是待不住了，你跟我回乡下吧！”

出医院后，袁三带着袁小军简单收拾了一下东西，就匆匆回了袁三乡下的老家。从此，父子俩相依为命，袁三靠种地供袁小军念完了师范学校；毕业后，袁小军回乡里当了一名小学教师，没多久,就结婚成了家,一年后,还添了个白白胖胖的儿子,把袁三乐得!

可快乐的日子过了没多久,让袁三烦心的事就来了。

袁小军的媳妇月琴虽说脸蛋长得俊俏,可心眼儿却实在不咋的,自打进了袁家的门,她就看不起袁三,脸上常常流露出对袁三厌恶嫌斥的神情,还有意无意地在袁小军面前数落袁三的不是,嫌他脏,嫌他身上有怪味,到后来,甚至还不愿和袁三同桌吃饭。每每这时,袁小军既不愿责怪父亲,又不想得罪媳妇,所以总是一副不知所措的样子。看到家里这个样子,袁三显得很茫然,心里充满了失望。

这天早上,月琴说头疼没起床,袁小军起来的时候,袁三已经把早饭做好了。一看时间不早了,袁小军匆匆吃了几口就去了学校。

没想才上了两节课,邻居就来找他,说他家里出事了。袁小军急三火四地往家赶,老远就看见一辆警车停在他家门口,还围着不少看热闹的人。袁小军急忙挤进屋,看见月琴披头散发地坐在床上,正鼻涕一把、眼泪一把地在向警察哭诉着什么,袁三蹲在屋角落里,把头深深地埋在两腿间。

袁小军忙问出了什么事。月琴说,袁小军去学校后,她迷迷糊糊地在睡梦中,袁三就趁机强暴了她,她又羞又惊,于是就打电话报了警。

袁小军一听就跳了起来,猛地像抓小鸡一样一把拎起蹲在屋角落里的袁三,吼道:“这是真的吗?你为什么要这么做?”

袁三的脸上有几道深深的血痕,不用问也知道一定是被月琴抓破的,他惶恐地点头,说:“我……是我……我也想尝尝女人的滋味。”

袁小军气得几乎失去了理智,疯狂地推搡着他那瘦弱的身子:“可她……她是你儿媳妇呀!你干出这种事,让我们的脸往哪搁?”

袁三被警察带走了,最终被法院以强奸罪判了10年刑。袁小军恨死了袁三,发誓这辈子再也不要见到这张面孔。

一晃,过去了四年。这天,袁小军突然接到监狱打来的电话,说袁三病重,住进了医院,希望家属能够来探望一下。其实这四年来,夜深人静的时候,袁小军常常会情不自禁地想起小时候和袁三一起度过的日日夜夜,心里充满了感激,可只要一想到他干下的这件事,心里就恨得要命。看来,袁三这回一定病得很重,要不监狱不会打电话来,念袁三曾经抚养自己一场,袁小军决定去监狱跑一趟。

来到监狱医院,袁小军先去医生办公室,想询问一下袁三的病情,可他发现医生瞅他的眼神和气氛都有点不对劲。见他细问,有一个老大夫告诉说,经检查,袁三早已失去了性功能,最少也有二十多年了,说这样的人是强奸犯,鬼才会相信呢!

听了老大夫的这番话,不知怎么,袁小军眼前立刻浮现出小时候袁三为救自己而被刀疤脸猛踹一脚、捂着裤裆倒下去的情景,莫非他那次就……袁小军顿时一阵揪心的刺痛,向医生问清楚了袁三的病房号,拔腿就奔了过去。

躺在病床上的袁三此时已瘦得皮包骨头,整个人都脱形了,袁小军伤心地攥着他的手,哭着问他,为什么当初要承认那件强暴的事。袁三嘴唇嚅动了好半天,才断断续续地向袁小军说出了事情的真相。

他说,那天袁小军上班后,他听月琴躺在床上喊肚子饿,于是就给她端了碗饭进去,可是刚走到床边,月琴就猛地从床上跳起来,朝他一阵打,一面打一面把自己身上的衣服扯破一个大口子,说是袁三强暴了她。袁三当时就明白了,媳妇是要用这种方法把他撵出家门。

袁小军捶胸顿足:“可你当时为什么不说?明明没有的事,

你怎么能认呀?”

袁三喘着粗气,脸上露出一丝凄惨的笑:“当时想……进监狱也好,有饭吃,是个能养老的地方。”袁三说着,两行泪水从他那深陷的眼眶里滚了下来。他艰难地抬起手,抚摸着袁小军的脸,“在里面的这些日子,我总想小时候的你……”话没说完,他的手就垂了下来,咽了最后一口气。

袁小军放声大哭:“爸爸,是我害了你哇!”

（胡秀欣）

（**题图**:魏忠善）

法 律 人 生

做好事的人使自己得救，做坏事的人使自己毁灭。善的王国是有边界的，而恶的表现是没有边界的。

让良心说话

王老汉八十多岁了，耳不聋，眼不花，腰板溜直，身板硬朗得很。

那一年，王老汉的老伴得了重病，为了治病，他以两分利的年息从本村李麻子那儿借了 1000 元钱，可钱花了，病却没治好，老伴还是先他一步走了。第二年，王老汉起早贪黑地上山割草药，把卖草药的钱一个子儿、一个子儿地积攒起来，凑足了钱，连本带利还给了李麻子。

可那天还钱是在半道上，旁边还有本村的几个人，李麻子说：“借据没在身上。”王老汉当时没太在意，说：“你回去把借据撕了不就行了？反正我是不欠你的了。”

这事一晃过去了五年。

这天,李麻子来找王老汉,说:“老爷子,这几天我手气不好,输了不少钱,你看,你借我的钱能不能还我?”

王老汉一听,脸急得刷白:“我借你的钱不是早还你了吗?”

李麻子眼睛瞪得溜圆:“胡说,你什么时候还我了呀?老爷子,天地良心,你可不能借了钱赖账哪!借据都还在我这儿哩!你当初借了1000元,说好两分利的年息,零头我也不算了,连本带利2000元,我给你五天时间,到时候你不还,我就上法庭告你!”说完,李麻子怒气冲冲地走了。

王老汉活了一大把年纪,各种各样的人见过不少,可还真没遇上像李麻子这样不讲信用的无赖,他气得浑身直哆嗦。幸好当时还钱的时候旁边还有人在,他决定去找当年那些“目击者”,请他们出来为自己作证。

可让王老汉非常失望和伤心的是,当年在场的那几个人不是找不到,而是找到他们之后,一听说这事,不知是怕得罪李麻子,还是事先已经被李麻子买通了,说话全都支支吾吾的,都说“已经忘了,记不清楚了”,没有一个人肯站出来替王老汉说句公道话。

王老汉一跺脚,干脆也吞下秤砣铁了心:“反正我已经把钱还了,问心无愧,他李麻子愿上哪告就上哪告去!”

五天过去了,李麻子见王老汉没有还钱的意思,真的登门要钱来了。他换了一副笑面孔,对王老汉说:“老爷子,上次是我态度不好,是我不对。这样吧,都是乡里乡亲的,利息我也不要了,光把本钱还我就行了,你看怎么样?”

王老汉指着李麻子破口大骂:“小兔崽子,你给我滚!我活了一大把年纪,最看不起的就是你这样的无赖!”

“那咱们法庭上见!”

“哪见都行!”

于是,李麻子就仗着自己手里有那张当初该撕而没有撕掉的借据,果真就把王老汉告上了法庭。

谁都知道,法院判决的依据是证据,现在借钱的证据在李麻子的手里攥着,而王老汉却拿不出自己已经还钱的证据,形势显然对王老汉十分不利。

庭长对王老汉说:“被告,你如果没有足够的证据证明你已经把钱还给了原告,法庭将判你败诉。”

王老汉问:“败诉会怎么样?”

庭长告诉他:“败诉,你就得还原告的钱。”

王老汉脖子一挺:“我要是不还呢?”

庭长严肃地说:“被告,请你注意,这是法庭。法庭一旦作出判决,就具有法律效力,你就要履行法律责任,否则就是抗法,我们将会强制执行。”

王老汉一听,脸涨得红红的,他颤抖着手,从怀里掏出一个红布小包,剥去一层又一层,最后,从里面拿出一张巴掌大小、旧得发黄的草纸来。他激动地对庭长说:“法官同志,要这么说,我这张借据是不是也能找人还呢?”

庭长接过这张黄草纸一看,惊诧万分。他审过无数的案子,可从来没有见过这样的证据!只见上面这样写着:

借　据

今借到王德昌老板大洋两百块,年息捌厘,期限壹年。

借款人:抗日联军第一路军第二师第三团团长赵大胜

民国二十六年十二月十八日

借据的右下方,还有一方方形的章印。

庭长抬起头来,语调有些变了:“这是……”

王老汉说:“这是当年这个叫赵大胜的团长留给我父亲的,王德昌就是我的父亲。法官同志,你说,我今天能拿着这张借据向政府要账吗?”

庭长惊呆了,沉吟着,用职业法官的口吻对王老汉说:“只要这张借据是真的,政府一定会如数把这笔钱连本带利还给你!”

“多少呢?”

“可不少,有几十万吧。”

一旁的李麻子禁不住惊叫了一声:“妈呀,这么多啊?”

“可是,我不能要。”王老汉语气显得非常沉重,“法官同志,能允许让我把这事儿说一下吗?”

庭长点点头:“请说吧!”

王老汉于是就缓缓地向大家诉说起了这样一件往事……

那是在王老汉父亲去世的时候,王老汉在整理父亲遗物时发现了这张借据,那一年是民国二十七年,也就是在赵团长写下这张借据的第二年。当时,抗联部队生活在深山密林里,条件非常艰苦,王老汉手里捏着借据,但压根儿没指望能把这钱收回来。那年冬天,雪特别大,天特别冷,他清清楚楚地记得,那天是腊月二十三,半夜时候,他被几下沉闷的敲门声惊醒,一开房门,一个几乎冻僵了的人扑进门来,倒在他的怀里,那人气息已经很微弱了,问他:“你……你是王德昌老……老板吗?”声音很轻,但咬字很清楚。

王老汉回答说:“家父已经去世,我是他的儿子。”来人的脸上露出了一丝微笑,他硬撑着,从怀里掏出一个布袋,交给王老汉,说:“路上遇到敌人,耽误时间了,这……这是赵团长让我送……送来还……”话没说完,他就昏死过去,再也没有醒来。

王老汉懂一点医道,他发现那人身上并没有伤口,就怀疑是饿的。后来,在来人的衣服口袋里,王老汉看到了几块硬得简直无法啃咽的树皮,而打开那个布袋,里面却装着216块大洋,那正是借据上的数,连本带利,一分不少。王老汉顿时眼泪“哗哗”地流:这个抗联战士啊,他只要从口袋里拿一块大洋,就可以换来吃的，他就不会饿死！

这么多年过去了，如今在法庭上，一说到这个故事，王老汉还是止不住地落泪，他哽咽着说："这张借据上的钱我早已拿到了，我留着这张借据，不是为了以后什么时候再拿它向谁讨要，而是为了纪念那个不知姓名的抗联战士。人，要有良心，要讲信用，要不，还叫什么人呢？"

法庭上，所有的人都被王老汉的故事感动了。

好久好久，庭长言归正传："原告，被告，你们是否同意法庭调解？"

没等王老汉说话，李麻子抢着开了口："老爷子，我撤诉还不行吗？"

（张国心）

（**题图**：周　骋）

铤而走险

那一年，李建服务了五年的公司倒闭了，一时找不到工作，李建便随打工潮南下闯荡。可祸不单行，在火车上，他那装着身份证的小包又被人偷了，幸好内裤口袋里还藏着200元钱，好歹硬着头皮到了南方。

因为没有身份证，正规的旅社不能住，拉客的地下旅馆又不敢住，几经周折，李建终于在一个叫熊家嘴的地方用80块钱租了一间房，把自己安顿下来。接连几天，他在城里到处转悠，见招聘广告就揭，就上门去闯，可因为拿不出身份证，总是被人嗤之以鼻或者猜测怀疑。而且，因为戴着深度近视眼镜，就连那些招小工的建筑工地的包工头也看不上他，笑他："泥巴掉下来把你眼镜一糊，你还能找得到自己？"

到200元钱都用完了的那一天,李建的心被恐怖和绝望充塞着。那天,他沿着一条不知名的巷子漫无目的地走着,脸上的泪水就像秋天的阴雨下个没完。昏昏沉沉中,他经过一家小书店,见冷冷清清的店门口竖着一块牌子,上面写着:杂志贱卖,2.5折。李建走进去一看,店堂里果然堆着不少杂志,虽然都是过期了的,但成色很新。李建本是个爱看书的人,不由随手拿起翻了几本,就忍不住问营业员:"不错的杂志,卖这么便宜,怎么没人要?"营业员解释说:"不是没人要,我们已经卖多天了,这里地处偏僻,周围要的人早买了,不要的人就是送上门也不会要。唉,我们店小,人手不够,这要拿到其他地方,卖半价都抢!"

李建顿觉心头一亮:他们没有人手,这个事我可以做呀!他赶紧问:"那……那你们这里赊销吗?""赊销?"营业员有点意外,"我得问问老板。"她一边回答李建,一边就拨打起了老板的手机。

过了几分钟,一个女人走进店来,营业员向李建介绍说她就是书店的老板。女老板听李建把要求一说,满口答应,还说李建只要押上身份证,就可以先赊书后付账,而且还可以便宜到1.5折给他,卖不掉还可以退货。女老板只想快点把这些过期东西处理掉,她打算进新货。

李建心里一阵惊喜,兴奋得简直要跳起来,可一想到要押身份证,立刻就像被迎头浇了一盆冷水。怎么办,这么好的机会,可不能白白丧失啊!他想了想,先是尴尬地向女老板道出遗失身份证的困境,而后话锋一转说:"老板,你看我这副深度近视眼的样子,好歹也是个读书人吧?我来这里已经十多天了,就是因为没有身份证,什么工作也找不到。请你无论如何相信我一次,我先赊100元,我绝不会把这百把元的书拿走不来,自断一条生路的!"女老板被李建这副猴急样逗笑了,很爽快地挥挥手,说:"行,我给你一次机会。不过,你必须每天晚上10点之前来兑账,我们书店10点要关门的。"

就这样,李建留下 100 元钱,从好心的女老板这里拎着一箱装着旧杂志的纸盒子,如同抱着一箱金砖,兴冲冲地开始了他的谋生之路。他打听到城西有一个自由夜市,都是摆摊的,于是"哼哧哼哧"将这箱赊来的杂志拎到那里。那些靠近路灯、人流密集的地段都由老贩子霸着,新贩子只能在旁边冷清地块蹲着,李建也不计较,就老老实实找了个边角地方,把带来的旧杂志从纸箱子里拿出来,一溜摆开,做起了他生平第一次生意。

这些杂志,李建是 1.5 折从盛老板那里买来的,他想以 3 折卖掉,但是那些想买的人只肯出 2 折的钱。李建一算,这样卖的话,连车费都赚不回来,就咬定一口价,可顾客也不肯让步,于是生意一谈就崩。路边一个喝茶的老爹看李建这副样子,知道他是个新手,就好心地给他出主意说:"你不如开个半价,让别人还掉一点,你还有得赚。"李建照他说的一试,果然一箱杂志很快就卖完了。这一夜,李建净赚 48 元钱,这是他的第一桶金呀!

一连干了一个星期,女老板书店里的那些旧杂志,很快就被李建拿到夜市上卖完了,李建又没事儿干了。但这次李建没怎么太着急,他是个肯动脑筋的人,马上就把眼光转向了废品回收站。在帮女老板推销旧杂志的几天里,李建就琢磨摆书摊这事儿可以长久做下去,城里不是有很多废品回收站吗,那儿肯定有"货源"。所以女老板的旧杂志一卖完,他就马上走遍全城大大小小的废品回收站,跟其中几个他认为能合得来的老板建立业务往来。废品回收站的书是论斤卖的,什么书有价值,李建一看就准,所以他能够很廉价地把那些书买下来,再拿到夜市上转手卖出去,他的书摊生意因此很红火。做了一段时间,他渐渐做出了名气,那些喜欢淘旧书的人,时不时会到他的摊上来淘书。

夜市上原先有个书摊,贩子人称"老阳",他眼看着自己被李建挤兑得都快站不住脚了,于是就给李建开了个条件:"只要你肯搬走,作为交换,我告诉你两个卖盗版书的地方。嘿嘿,那个赚头才刺激呢!”李建一愣:“卖盗版书? 这不是犯法吗? 警察要抓的!”老阳鼻子里“哼”了一声:“狗屁! 警察要抓的是印书的大老板,你这种摆地摊的,谁在乎你?”李建疑惑地看看老阳:“那……既然赚头这么好,你自己为什么不去?”老阳无奈地两手一摊,说:“兄弟,不瞒你说,那些卖盗版书的家伙心好黑,他们欺我没文化,尽把一些没人要的书塞给我。唉,这种书难卖呀,别说赚头了,我连本钱都压了进去……”李建忽然觉得老阳有点可怜,于是就答应跟老阳去看货。

第二天,老阳三转两转把李建带到城中心的文化市场。李建到那里一看,几乎每栋楼里都有批发盗版书的,那些书商一般不做陌生客的生意,为的是防警察,他们行事很谨慎,外面只放正规样品,如果没有内线,一般人根本无法知道他们的内幕。李建觉得和他们打交道不安全,所以只是跟着老阳看看,没吱声。老阳推推他:“怎么,不批一点? 你要自个儿来,想要都要不到呢!”李建瞥了他一眼,说:“这么点折扣,还要冒风险,不值。”

“不值? 你别狮子大开口。”老阳朝李建翻了个白眼,嘴里嘀咕了一句,想了想,脚一跺,“也罢,出也出来了,我再带你去个地方,这回我看你还不批!”其实老阳的心里话是:求求你了,老兄,赶快批了书走吧,到别地方摆摊去,别把我的生意给抢了啊!

老阳又三转两转把李建带到一个地方。哪里? 大东门地下书市。这里的书简直便宜得不可想象,一本 14 元的《围城》,文化市场的批发价是 5 元,而这里地下书市才 2 元 5 角。如此诱惑的低价位,李建终于忍不住了,什么违法不违法的,此刻全都被抛到了脑后,他把这些天来辛辛苦苦赚来的 500 元钱全从口袋里掏出来,定下了一大批货。

回来之后,李建在自己租房的熊家嘴附近摆了个地摊。他挑选这个地方摆摊是有原因的:这里人流量大,却不在市中心,加上附近又没有一家正规书店,卖盗版书不扎眼。果然,李建刚出摊生意就火起来。谁见过这么便宜的书?一本标价 12 元的正版书,这里才卖 3 元;光《围城》,一天就卖出 40 本,赚了近百元。李建大大尝到了甜头,于是就每天上午进书下午卖,干得不亦乐乎!这样一个月下来,除去吃饭及房租、摊位费等开支,净赚了 2000 多元,他笑得嘴也合不拢。

这天,李建照例提了个蛇皮袋,袋里装了十几本要退换的错版书,去地下书市进货。到了那里,他猛地发现情况有点异常:发书的老板一个也没有出来摆摊,家家门紧闭。李建从一个熟悉的老板家的窗户里望进去,只见里面书撒了一地。正在这时,那老板的女人满脸憔悴地从楼上的窗子里探出头来,朝他喊道:“快走,这几天不要来了!”李建心里一紧,知道出了大事,赶紧将袋子扔了,加快脚步出了书市。事后他才知道,是因为有人卖盗版书和黄书被警察逮住,牵出了这个地下书市,警方连夜一锅端,那个文化市场也被强行拆除了。

李建得知消息惊出一身冷汗,发誓再也不干了。可是没过多久,那几个搞盗版书的家伙见风头渐渐平息了,就把生意点悄悄转移到铁路桥下的一个小村里,并四下联络老客户一起,开始做批发。李建实在经不住这些家伙的劝诱,终于加入了这支地下批发大军。他索性租了两处房:小村里的一处用作批发,另一处在邻村,用作仓库。用作仓库的这处他没告诉那些家伙,他留了个心眼:万一批发点被抄,还有这个仓库里的存货备着,可谓“伤皮不伤骨”。

地点落实了之后就要开始进货。李建毕竟是读书人,他知道有些书是绝对不能进的,比如黄书,比如境外流传的政治书一类,他只进通俗的畅销书,社会上什么热,他就进什么。由于李建进货时会挑选,所以从他手里批发出去的书脱手都很快,于是那些小贩一传十、十传百地都来找他进货,李建很快就赚得钵溢盆满。

一天，有个朋友悄悄对李建说：“树大招风，听说警察已经注意上这里了，你不要再进货了，万一……”那朋友没有说下去，当时李建听了心有所动，但过后想想：这家伙是不是见我生意做得好，故意危言耸听？李建犹豫着，没有当机立断。没过几天，有个老板给李建打电话，说是有朋友要吃下李建全部存货，还开出了条件，李建觉得对方颇有诚意，就答应了。一个多小时后，这老板带着他的朋友来了，说是先看货后付款，然后派车来拉，李建便带他们直奔邻村仓库而去。

一路上，李建突然觉得村里三三两两出现了好多陌生面孔，他心里一个激灵：不好，今天肯定有事。他借口内急，给那老板打了个招呼就一头扎进厕所。其实，他哪里顾得上上厕所，走到后窗边，推开窗户就跳了下去。脚下全是碎砖枯枝，绊得脚好疼好疼，可李建顾不了那么多了，他拼命地跑，接着爬上了长长的铁路桥，“呜——”一列火车从远方狂奔而来，李建知道，这时如果他身后有追兵的话，这列火车就是最好的屏障！他使出了狭路夺命的勇气，一下跳过了铁路桥，火车巨大的震动和气浪差点将他掀倒。他稳了稳神，然后就憋着气往坡下冲，一上公路便拦住了一辆“的士”，对司机说：“长途汽车站，快，我要赶车！”

待李建坐上长途车，车子开过铁路桥下的时候，他看到村口人头攒动，穿警服的站了一大片，一麻袋一麻袋的盗版书被民工们扛出来，堆放在村口……

李建再也无心继续在这个城里干下去了，他当晚就回了老家。后来他得知，这次警方行动，除他以外，所有的批发商无一漏网，好几个家伙进了看守所，其中就有那个带着朋友来买他书的老板。李建不由得一阵后怕：君子爱财，取之有道；天网恢恢，疏而不漏。看来，想发财致富，一定得走正道啊！

（杨剑啸）

（题图：王申生）

谁被暗算

赵兵在老家当民兵的时候，枪法数一数二，所以后来随打工潮进城，他对自己找工作很有信心，那种坐办公室之类的事儿不敢想，但凭自己当过民兵、擅长使枪的本事，他觉得找个保安之类的活干干应该问题不大。为了省下中介费，他没有到职业介绍所去登记，而是自己写了几十份求职信，四处张贴。信中，他特别写明自己曾经当过民兵的经历，还留下了自己的手机号码和暂住的旅社地址。

可是十几天过去了，赵兵从老家带出来的一点钱都已经花得差不多了，却没有一个人来和他联系。难道就这么回去？赵兵很不甘心。

就在他极度失望的时候，忽然有个四十岁左右文质彬彬的男人来找他："你是赵先生吧？"他边问边从兜里掏出一张纸，"这是你写的吧？"

赵兵一看，就是他贴在街上的求职信，莫非工作有门了？他赶紧把来人让进房间。

来人问他："你不是本地人？"

赵兵点点头。

来人看了他一眼，又问："你说你什么都能干？"

赵兵又点点头，还开玩笑似的补充了一句："只要不让我杀人，什么都能干。"

谁知赵兵话音刚落，来人的脸上突然闪过一丝失望的神情，他朝赵兵摇摇头，说："看来，我找错人了，我们的工作不适合你。"

赵兵一听急了："你还没谈呢，怎么就认为我不合适呢？"

来人朝赵兵微微一笑："我今天来找你，就是要你去替我杀一个人。你能干吗？"

赵兵吓了一大跳：没想到这么文质彬彬的人，居然要杀人？见来人要走，赵兵一把抓住他说："你先别急着走，我们谈谈条件。"其实，赵兵才不会去替人杀人干傻事呢，只不过他觉得这事儿有点意思，如果因此而掌握了什么线索，说不定还能替公安局破个大案呢！

那人见赵兵松了口，便在椅子上坐下来，说："我也是受人之托，本来不想干，可是对方出的价实在不低，所以我现在需要找个合作伙伴。怎么样，咱俩一起干，好好赚它一笔？我姓周，以后你可以叫我大周。"说完，这个大周从兜里拿出一张照片，递给赵兵看："我们要做掉的，就是这个人。"

赵兵接过一看，照片上是个挺漂亮的女人，看上去甚至还有点眼熟，但是他想不起来在哪儿见过。大周看出了赵兵的心思，就提醒他："你看没看过《寡妇秘闻》？"大周这么一点，赵兵想起来了,这个女人是电影演员刘小丽。

大周说:“刘小丽以前得罪过一个同行,现在那家伙有钱了,就想报复她。人家出价三十万元,可我担心一个人做不下来,那天偶尔在街上看到你的求职信,就觉得你合适。”

可是赵兵不是没有脑子的人,他朝大周摇了摇头,说:“哥们,为了三十万元去犯法,不值啊!”

大周拍拍赵兵的肩,说:“你放心,我早问清楚了,那家伙并不是真想要这女人的命,只不过是让她到鬼门关去走一遭,吓唬吓唬她,所以你只要打她一枪,别把她打死,打伤就可以。再说了,你想,这活如果咱们不干还会有别人来干,对刘小丽来说总要挨一枪,可对咱俩来说,结局就大不一样了!三十万,事成之后咱俩平分,各得十五万,怎么样?”

大周说到这里,赵兵总算松了一口气,感觉事情还不像他想像中那么可怕。但他还是有顾虑,他犹豫着问:“就算不把她打死,如果……如果被公安局抓住了,怎么办?”

大周胸有成竹地对赵兵说:“我不能说万无一失,但至少可以保证你绝对没有危险。我已经摸清了这个女人的活动规律,每天下午三点,她会出来遛狗,我们就在车里向她射击。当然是你射击,我开车,我们只要注意不伤及周围人就可以了,因为这个时候街上可能人会很多,但凭你的枪法,我对这一点完全有信心。然后,我们立即离开现场,直奔附近那家华龙商厦,你进去想办法脱身,至于我,你就不用管了。”

大周说完,从兜里摸出一沓钞票,爽快地塞给赵兵,说:“兄弟,这是一万元定金,干,你就把钱留下;不干,我立马走人,就当没这回事儿。”

手里接了钞票,赵兵立刻觉得头有点晕:一万元就这么沉,十五万元,该是捧也捧不下了啊!他心一横,说:“你啥也别说了,我干!”赵兵对自己的枪法心里有底,要刘小丽的命不敢,但是让她胳膊腿受点伤，就能拿到那么多钱，还是很有诱惑力的。

到了约定的那一刻，赵兵戴上事先准备好的墨镜和口罩，坐上大周的车，悄悄等候在刘小丽的住所外面。这阵势毕竟不是以前的民兵武装演练，所以赵兵不由紧张起来，感觉自己真的像个杀手。大周递给他一把手枪，吩咐说："里面只有一发子弹，你一定要保证一枪拿下。"赵兵的手有点抖，但还是故作镇定地对大周说："五百米之内打苍蝇不行，打人我一枪一个准！"其实这话他是在说给自己听，给自己打气。

他话刚说完，只见一个中年女子牵着一条京巴狗从对面楼里出来，赵兵一看，果然是刘小丽，不过比记忆中老多了。大周悄悄开着车跟了上去，在离她 20 米距离的时候，赵兵瞄准她的小腿扣动了扳机。随着刘小丽一声尖叫倒在地上，街上的行人开始慌乱起来，大周趁机开车冲出老远……

十五分钟后，赵兵已经在华龙商厦的人流里穿梭，挑选自己喜爱的东西了。说实话，连他自己都觉得刚才发生的一切像是在做梦。过后，大周给他发了条短信：一切顺利。合作愉快！赵兵于是便离开商厦，买了些速食面，然后回旅社。

按照事前的约定，既然事情办妥了，大周应该在一周之内把余下的 14 万元给赵兵送来，可赵兵在旅社等了四五天，却一点消息也没有。赵兵开始胡乱猜测起来：那个刘小丽到底伤得怎么样？她有没有报案？姓周的家伙会不会私下把说好给自己的那十四万元钱给吞了？

第二天，赵兵去报摊买了一大堆报纸回来，一看，铺天盖地都是关于刘小丽的消息。《晚报》上说：昨日影星遭暗算，警方苦于无线索。《都市报》上说：恐吓枪杀浑不怕，小丽坦言再出山。《娱乐报》上说：仇杀？情杀？刘小丽枪击案扑朔迷离；黑道？白道？影视圈内幕费思量……翻着这些报纸，赵兵总感觉事儿有些不对劲，怎么没有刘小丽受伤的消息，自己那一枪不可能没打中啊？他突然一激灵，赶紧到床底下把那天打过的枪掏出来，仔细一看，才发现其实是一把假枪，只怪当时太紧张，居然没有感觉出来。

赵兵又伤心又气愤，立刻收拾东西准备回家，他知道自己干了傻事，只不过是在帮一个过期明星炒作出山而已。那十四万是别指望了，倒是事先收过的那一万定金，或许回老家还能做点事情。

可就在赵兵要走的时候，大周闯了进来。他一看赵兵这样子，说："兄弟，干吗走？我说过的话不会食言。"他递给赵兵一个皮包，"十四万，一分不少。"

赵兵愤愤地问他："不就是那女人准备二次出山么，干吗费这么大劲儿？"

大周叹了口气，告诉他说："兄弟，既然你也猜到了，我就告诉你实话吧！我是广告公司的，为刘小丽二次出山的策划任务是我们接下来的。原打算让她假离婚，可媒体根本就不搭理；后来我们又故意爆出她的一些花边绯闻，可媒体依然还是不感兴趣。没办法，我们只好设计'重磅炮弹'，总算炒起来了……为了戏能够演得逼真，我没敢提前告诉你。嘿嘿，兄弟，你枪法的确不错，以后再有这样的买卖，咱哥俩继续合作，怎么样？"

赵兵哪里还敢答应。他寻思着：按照这个趋势，如果再要演戏，恐怕就得劫机或者搞列车爆炸了！说实话，这样的活儿，他可干不来，也不想干！

（陶柏军）

（**题图：**安玉民）

老家来电话

伟军和小兰是高中时的同班同学，因为都没有考上大学，就选择了进城打工这条路，小兰在服装厂当缝纫工，伟军在一个超市里给老板打杂。

超市的店面虽然不大，但位处城中心黄金地段，生意特别红火，伟军每天从早干到晚，几乎没有停歇的时候。老板看伟军干活挺卖力，对他也就比较客气，老板一家住在超市楼上，老板就把楼顶堆放东西的小阁楼腾出来给伟军住。只是老板娘有时看伟军的眼神有点让伟军受不了，总好像在防范什么似的。

这天下了班，伟军像往常一样刚要到超市对面的大排档去吃3元钱一盒的快餐，就接到他爹从老家打来的电话，说他弟弟明年上高中的学费还差两千多元钱，爹让伟军想想办法，如果再凑不齐的话，弟弟只好也出去打工了。爹在电话里的声音显得非常苍老和无奈，每一句话都像一把刀，剜在伟军的心头，伟军在电话里大声对爹说：“爹，千万不要让弟弟辍学，学费我会想办法的。”放下电话，伟军就去服装厂找小兰想办法，可偏偏小兰这晚要加班，一刻也停不得，伟军只好一个人愁眉苦脸地回来。

天很快黑了下来，伟军的肚子“咕噜噜”叫起来，他这才想起自己还没吃晚饭，决定就在超市里买包方便面打发自己算了。他刚要伸手到口袋里去掏钱，突然想到街拐口那家小店里，同样牌子的方便面要比这儿便宜一角钱，一顿饭能省下一角也是好的呀，于是就朝那家小店走去。

回来的时候，伟军突然发现不对：明明自己超市里有的东西，要跑到人家店里去买，万一被老板看到了，老板肯定会不高兴。于是他把方便面朝怀里一揣，悄悄朝阁楼走去。可世界上的事情偏偏就是“哪壶不开提哪壶”！走过二楼楼道的时候，老板一家正准备吃晚饭，老板看到伟军，招呼说：“吃饭了吗？要不过来一起吃！”伟军赶紧说：“不用了，老板，我……我刚刚在外面吃过。”说着，他下意识地抬手给老板打了个招呼，没想“啪”一声，方便面从他怀里滑落到地板上。

伟军尴尬极了，赶紧把方便面拿起来，正要再揣进怀中，老板娘奇怪地看着他问：“什么好东西？”伟军拿着方便面，揣也不是，不揣也不是，只好吞吞吐吐地说：“没什么……一包……一包方便面。”“方便面也要这么藏藏掖掖的？付钱了吗？”老板娘问这话的时候，那眼光就像两把刀，直直地插在伟军的心头。伟军看瞒不过去了，只好明说：“付了，我付给那个阿姨的，那里比我们超市便宜一毛钱。”

老板娘显然没有听明白伟军在说什么，一听钱付给阿姨，就大叫大嚷起来：“阿姨？我们超市哪有收钱的阿姨？”老板看伟军一脸紧张的样子，有点于心不忍，便在一旁劝道：“算了算了，不就是一包方便面嘛,月底从他工钱里扣好了,这孩子平时还挺老实的!”“不行,”老板娘不依不饶地说,“就是不能这么便宜了他,我说最近超市里怎么老少东西呢,原来是出了内贼。”

伟军一听老板娘骂他内贼,脸涨得通红:“不就一包方便面嘛,值得你这么骂人?我实话告诉你,我这是从街拐口那家小店买来的,我用它当晚饭,不信你可以去问。”“嘿嘿!”老板娘冷笑一声,“你这话是骗谁呢,刚才叫你一起吃饭,你不是说已经在外面吃过了吗?你以为我耳朵聋了?”被老板娘这么一提,伟军噎住了:刚才自己不就是这么说来着的,现在反倒不知该怎么解释才好。这时候,超市里陆续下班的员工听到吵嚷声都上来了,看伟军这副尴尬样,就有人悄声嘀咕:“真看不出,这么老实的人,也会干偷鸡摸狗的事。”

眼看事情越来越糟糕,伟军又着急又憋气,哭着喊道:“我真没偷,我不是这种人,我要怎么说你们才相信我啊?”他一跺脚,非拉着老板娘去那家小店问个明白。可到那里一看,小店已经打烊了,门板上贴着一张临时告示:店主有急事,今日提早关门,请来客多多包涵。没办法,事情只能到第二天再说了。

这一夜,伟军又气又急,翻来覆去没睡着,那包比自己超市便宜了一毛钱的方便面他也不敢吃,怕吃了更说不清楚。第二天,他一大早就爬起来,拿着这包面去敲开那家小店的门,向店主讲明事情的来龙去脉,求店主给自己作个证。店主笑着说:“我还以为是什么大不了的事情哩,你放心,待会儿你们超市开门了,我就去帮你证明。”伟军这才稍稍放了心。

按理伟军回来这时候,老板和老板娘早就应该起来做开市准备了,可今天不对呀,怎么不见他们有任何动静?一个上年纪的老员工疑惑地说:“会不会出什么事了?”当即就去敲老板家的门,可依然什么声音都没有。他当机立断让一个小伙计翻窗进去,一看,老板和老板娘连同他们五岁的儿子超超,都倒在地上没了气息。

警车、救护车呼啸而来，老板一家被救走后，现场立刻被封锁起来。后来很快有消息传来，说老板一家是食物中毒死的，警察果然在老板家的厨房里发现了半包没用完的老鼠药。

谁干的？有人向警方检举：一个星期前，伟军曾经买回来过一包老鼠药，说他阁楼里老鼠特别多；况且，伟军昨晚刚刚和老板娘吵过架。于是，大家不约而同地把疑点都集中到了伟军身上。

街拐口那家小店的店主这时候正巧过来，他原本是来给伟军作证的，一看这情势就有点吃不准了：这打工仔看上去怪老实的，怎么会干下这等恶事？警察一追问，于是就改了口："我只能证明这人昨天的确在我们小店买过一包方便面，可我没法证明他没有偷自己超市里的东西。再说了，这种方便面在哪个店里都是一样的包装……"

伟军没料到店主会这么说，气得差点晕倒，只好拉着警察反反复复地辩白："你们要相信我，我没偷就是没偷，我真的是被冤枉的啊！"一个年长的老警察问伟军："一个星期前你买的老鼠药，你说还没来得及拆开，这包东西现在在哪儿？你好好想想。"伟军傻傻地愣在那里："我……我也不知道到哪儿去了，我明明买来后把它放在桌子上的，可现在就是没有了。"

"你这个傻小子啊！"老警察叹了口气，根据多年的破案经验，他觉得伟军不像是作案的人。他对伟军说："现在不是追究你偷没偷方便面的时候，而是要证实你到底有没有对老板一家下了毒，你得拿出你没有作案的证据来啊！这样吧，你收拾一下东西先跟我们走一趟，如果真不是你干的，我们一定会还你一个清白。""你们要抓我？"伟军惊恐地问。"不是抓你。"老警察说，"是请你去协助我们破案，在事情还没有调查清楚之前，你暂时不能随便离开。"

老警察吩咐一个年轻的警察带伟军到阁楼上去拿几件换洗衣服,准备带他走。谁知伟军上了阁楼以后,竟趁小警察不注意,突然抱起一床被子裹在身上,从后窗户跳了出去,落地之后就疯一般地跑,三转两转便消失在人群之中。人们一片哗然,警方决定暂时收案,进一步再作调查。

伟军在这个城里是没法待了,他当夜就跳上一列开往南方的火车,来到天涯海角一个不知名的小镇,在一家工厂里找到一份管理仓库的工作,临时安顿下来。吃饭是没有问题了,睡觉就在仓库边上的一个小棚子里,条件虽差点,可总算有了安身之地,只是他常常在夜半时喊着"小兰"的名字,醒来发现自己泪湿了大半个枕巾;或者就是被噩梦惊醒,老觉得有警察来抓自己。所以不管休息天还是节假日,伟军从来不上街,他害怕警察。

就这样过了一段看似风平浪静实则胆战心惊的日子以后,伟军觉得应该给爹打一个电话:警察肯定不会放过自己,他们会不会到老家去找呢?那天夜里,他特地跑了两站路,在一个街头电话亭拨通了老家的电话。爹一听伟军的声音就哭了:"儿子,你在哪儿呢……别,你现在千万别说话,警察正到处找你呢!为什么人家都说你偷了东西又害人哪?爹不信,爹知道你一定是受冤枉的……"

"爹——"伟军难受得真想大哭一场,可他知道现在不是哭的时候,只得压低声音悄悄在电话里对爹说,"爹,我真的没干坏事,可没人相信我,我不想坐牢,我只有跑。爹,你放心,你一定要叫弟弟好好读书,我赚了钱会给你们寄回去的。""儿啊,"爹的声音特别凄凉,"你就别再想着你弟弟了,只要能保住自己就行。以后,你别再打电话回来了,警察很厉害的,通过电话就能查出你在哪里。赶快挂了吧!"只听"吧嗒"一声,爹就抢先在那一头把电话挂断了。

就此之后,伟军再也没敢给家里打一个电话,再怎么念想,也只好晚上自己一个人悄悄抹眼泪，每个月赚来的钱，除了留下必需的生活费，剩下的他全部都把它寄回家。为了防止警察通过汇款单查到自己的行踪，伟军每次寄钱总是坐车到周边地方去，汇款单上的署名也换成了“胡阳”。

可是这种躲躲藏藏的日子毕竟劳心伤神啊，没多久伟军就病倒在了床上，他舍不得去医院，也不敢去医院，这个时候，他心里特别特别想小兰。这天天黑尽了的时候，他终于忍不住挣扎着跑到街头电话亭，给小兰打了一个电话：“小兰，我是伟军，你……警察来找过你吗？”

其实小兰早已从伟军同事那里得知了伟军的事情，她深信伟军绝对不会干出这种残忍的事情来，所以警察找她的时候，她直截了当地谈过自己的看法，过后她就一直等伟军的电话，总觉得伟军不会就这么与自己不告而别。此刻，当她真的听到伟军的声音，心里真是百感交集，握着话筒的手抖个不停：“伟军，是你吗？你好吗？”

伟军的声音非常细弱：“小兰，我……我病了，我特别特别想你……”“伟军，你等着我，”小兰一边说一边泪水就流了下来，“伟军，你告诉我你在哪里，我马上来看你！”“你……你那里有没有警察？”“你放心，警察来找过我一次，后来再也没有来过。”伟军立刻把地址告诉了小兰，小兰连夜就请假上路。

好不容易找到那里一看，小兰惊呆了：伟军蜷缩在小棚里，脸烧得通红。小兰心痛得泪如雨下，可想而知伟军现在过的是什么样的日子，她坚持非要伟军去看医生不可。也幸亏小兰来得及时，伟军这次是因为支气管炎而引发的高烧，医生说如果晚来一天，转成肺炎就麻烦了。

经过几天打针吃药，伟军的病情明显有了好转。小兰不能请太多的假，要赶回去上班了，她依依不舍地对伟军说：“我明天得回去了，过一阵再来看你。”伟军哪里舍得：“难得有这样的机会能和你在一起，再陪陪我吧？”话是这么说，可伟军心里明白，在外打工的人能找到一份工作不容易，小兰必须回去了啊！他想了想，似乎下了很大决心似的，对小兰说：“走，反正天也快黑了，我们到海边转转，听人家说那里风景挺不错，我也没去过，我们今天一块儿去看看。”

就这样，伟军和小兰手拉手走上了街头，直往海边走去，累了，他们坐在街头石凳上休息一会儿，饿了，就买两块烧饼，你掰一口、我掰一口地吃着。走过一家婚纱店的时候，小兰看着新娘模特身上那洁白的婚纱出了神，站在一旁的伟军显然知道她在想什么，不由红了眼睛：就眼下自己这个样子，能给小兰一生的幸福吗？“我到前面去买两个烤山芋，你等我。”伟军故意借题跑开了。

突然，猛地响起一声吆喝：“别动，我们是警察！”小兰转身一看，有两个警察正追着伟军的身影而去，小兰惊恐地大叫：“伟军！”只见伟军回头望了小兰一眼，猛地朝街对面跑去。两个警察在后面一面追一面警告：“站住，再跑我们就开枪了！”可伟军就像没听见一样，慌不择路地拼命跑，跑过路口时，一辆小车突然急驰而来，“吱”的一声随着小车刹车的尖叫，伟军被撞飞起来，又重重地落在地上。

“伟军！”看着倒在血泊中的伟军，小兰呼叫着扑了过去。奇怪的是那两个警察并没有追过来，事后才知道，他们当时是在抓一个在公交车上拎包的惯偷。

小兰抱着浑身上下沾满了鲜血的伟军失声痛哭：“都怪我，伟军，你是为了我才上街的呀！”此刻，伟军在小兰的怀里已经气若游丝，他用尽最后的力气，断断续续地对小兰说：“你别……别这么说，要怪得怪我自己……我死后，你一定……一定要替我去……去告诉警察，我没有偷方便面，更没有杀人，我……我不想死后还东躲西藏，不得安宁。”

这时候，已经有热心人喊来了救护车，伟军被抱上车的那一刻，小兰突然觉得他的身体轻了许多：是因为他终于放下了心中的包袱？还是因为他把自己的心也一块带走了？

伟军的骨灰由小兰送回老家。满头白发的爹欲哭无泪："是我害死了他，要不是我的话，他不会在外面这么多时候连一个电话也不敢打回家。"爹给小兰讲述了伟军出逃后的一段故事。

原来，超市老板五岁的儿子超超在案发当时其实是假死，被抢救过来后因为看不到爸爸妈妈，始终哭个不停，多日之后才终于向警察讲明白事情的经过。其实伟军买的那包老鼠药是被超超拿走的，正巧那天妈妈因为他不听话狠狠打了他，他逃到伟军的阁楼里，看到桌上的老鼠药还以为是什么好吃的东西，拆开来一尝是苦的，就趁妈妈和伟军吵架的时候，把它倒进了菜盆子里，想要让妈妈也吃点苦头，没想这一倒，竟把爸爸妈妈的命都送走了。后来，警察又去找小店店主，求证了伟军买方便面的真相，在多方取证确认伟军无罪后，正式通知了伟军的爹。然而这一切，逃亡在外的伟军却全不知晓。

伟军的父亲为此懊恼不已，每一次收到伟军的汇款，都要赶紧按汇款单上的地址回一封信，以求那个叫胡阳的人转告伟军，案子已真相大白，可以放心回家了，可他发出的每一封信都石沉大海。

伟军骨灰入土仪式的举行，相隔他弟弟接到大学入学通知书并没有多少日子，伟军一家人在蒙受了这么长时间的不白之冤后，又可以扬眉吐气地过日子了，然而这一切伟军却再也无法知道，年轻的他带着无尽的怨恨离开了人世。在小兰的心里，每当想起伟军，脑子里出现的，总是他蜷缩在小棚子里脸烧得通红的样子……

（李　建）

（**题图：**箭　中）

我是想害你

张斌今年 26 岁，是一家公司的职员，这天晚上，他照例独自一人来到酒吧，选了一个角落坐下来。一个身着旗袍的女服务员朝他走来，彬彬有礼地问道："先生，请问你想喝什么酒？"

张斌打量着她，说："你是新来的？"女服务员微笑地答道："是的，今天是我第一天上班。"张斌又盯了她一会，说："我喜欢你脸上这种忧郁的气质。"女服务员一愣："你说什么？"张斌说："我说你很忧郁，我也很忧郁。"女服务员冷笑道："你是不是常常用这种方式来勾引女孩子？"张斌摇了摇头，说："不，这是第一次。你相信世界上有一见钟情的事吗？"女服务员奇怪地瞪了他一眼："相信，但肯定不会发生在我的身上。"说完，转身就走了。张斌看着她的背影，若有所思道："哼，你等着瞧，用不了多久，我就会让你领教到我的厉害!”

很快,张斌打听到那个女服务员叫晓月,是个从外地来的打工妹。从此,每到夜幕降临的时候,张斌就会准时出现在酒吧,而且每次来都会献给晓月一束鲜花。然而,面对张斌频频发起的求爱攻势,晓月却从未给他过一次好脸色,甚至有一回还在大庭广众之下狠狠将张斌奚落了一番。

这天晚上,张斌刚走进酒吧,突然看到一个顾客正瞪着眼睛在训斥晓月,一问,才知道是晓月不小心将一杯咖啡溅到了这个顾客的身上。晓月一边哭一边向顾客道歉,可那人却不依不饶,嘴里的话越骂越难听。张斌看不下去了,走上去指责那人不该出口伤人,对方当然不会买账,于是两人就争吵起来,后来索性大打出手。等众人把他们拉开时,张斌不但身上的衣服被扯破,嘴角还淌着血。

晓月连忙过来扶住他,想帮他整理衣服,不料张斌猛地推开她的手,粗暴地说:“滚! 你们这些女人,没一个是好东西!”说完,转身就气鼓鼓地走了。晓月奇怪地望着他,心想:这人真怪,怎么说变脸就变脸了?

从那以后,张斌再没在酒吧露过面,晓月一直在等他,希望能当面向他说一声“谢谢”,但是一直没能等到。一天夜里,晓月下班回自己的出租屋,刚走到门口,冷不防听见有人叫,晓月吓了一跳,定神一瞧,原来是张斌,正站在那儿冲她咧嘴傻笑。晓月又惊又喜,问他怎么会找到这里来了,张斌说:“我去酒吧,他们说你刚走,我问了你这里的地址,就打车赶来了。”

两人聊了几句,张斌问晓月为什么不请他进屋坐坐,晓月犹豫了一下,最后还是把张斌让了进去。为了表示自己那天对张斌的谢意,晓月又特地出去买了点夜宵回来,两人边吃边聊。

一开始,气氛挺融洽,可随着时间一点点流逝,晓月就有些不安起来,她暗示张斌夜深了,但张斌根本就没有走的意思。又过了一会儿,突然房间里的灯灭了,晓月立刻站起来,给张斌解释说,这一带经常夜里要停电,她心里松了一口气,张斌这下再没理由不走了。可是,张斌却突然紧紧抱住晓月,疯狂地吻她。

晓月惊恐不已,说:“张大哥,你不能这样!”张斌非但没停手,反而把她抱得更紧,嘴里喘着粗气,嚷道:“我喜欢你,我一定要得到你。”晓月挣扎着大叫:“张大哥,你……你再不放,我可要喊人了!”此时张斌已经完全丧失了理智,他猛地把晓月推倒在床上,粗暴地撕扯她的衣服。

晓月像疯了一样拼命抵抗,不顾一切地大喊:“救命,救命啊……”张斌被她尖厉的叫声吓坏了,猛听到窗外似乎传来脚步声,他吓得从床上跳起来,拉开房门就要逃出去,结果被几个巡夜的保安堵住,押进了附近的派出所。

张斌心想:这回完蛋了。可谁知后来晓月却出乎意料地对警察说,张斌没有对她做出什么不轨的行为。警察困惑地问:“那你为什么喊救命?”晓月痛苦地摇着头,解释道:“我那样喊,是为了救他。”警察越听越糊涂:“你是不是因为怕他以后报复你,才不敢说真话?”晓月坚决地摇头,带着苦腔说:“不,我说的全是真话,求你们饶了他吧!”

警察总觉得这件事很蹊跷,他们对晓月说:“希望你不要有顾虑,把真相说出来。不然的话,就算你什么都不说,我们也有办法让他老实交代。”晓月沉默许久,终于缓缓抬起头来,说:“我本来不想说出这个秘密,但现在不得不说了。事实上,我是个艾滋病感染者,我是害怕自己把病传染给无辜的人。”

警察惊呆了,看着晓月好一会儿,才说:“你不会是在骗我们吧?”晓月从身上掏出一个小本子,递给警察:“这是医院证明,你们可以自己看。”警察一看,果真如此,他们感慨着把小本子还给晓月,说:“你是个善良的姑娘,我们相信你的话。”

张斌被放了。放出之前,警察征得晓月的同意,把事情告诉了他，张斌听后无比震惊，当场就抱头痛哭。警察说：晓月的这个病，是她的男朋友传染给她的，她恨死那个不负责的男人了，如果当时她抱着报复男人的念头，那么他张斌就没有现在这么幸运了。本来，就昨晚上发生的事，晓月完全可以告他个“强奸未遂”，但晓月最终放弃了，她所以选择这么做，是想给张斌一个悔过自新的机会。

张斌不知道自己是怎样离开派出所的。之后，他去晓月住的出租屋，没人；转而又到酒吧，得知酒吧老板不知从哪儿听说晓月的事，已经把她辞退了。张斌不甘心，一直苦苦寻找晓月的下落，但都一无所获。

有道是，功夫不负有心人。一年后，张斌偶然在晓月一个同乡的帮助下，在郊外一所破旧的民房里，找到了已处于发病期的晓月。晓月躺在床上，人非常消瘦，脸上一丝血色都没有。当她认出张斌时，她神情凄然地对张斌说：“你不该来找我，我真的不希望你看到我现在的样子。”张斌跪在晓月的床头，哽咽着说：“如果我见不上你一面，那我这辈子都会感到良心不安！”

晓月说：“你不必再为那件事自责。不管是谁，我相信处在那种情况下，一定也会这么做的。”张斌痛苦地摇头：“不，至少我就不是你说的那种人。你知道吗？当初我想方设法接近你，并不是真的喜欢上你，我……我其实是想害你。”

“害我？”晓月不解地问，“你和我以前根本不认识，你为什么要害我？”

张斌低下头说：“事实上，我跟你一样，也是个艾滋病感染者，把这个病传染给我的，是一个在酒吧上班的女人。我本来是想找她算账的，可她却偷偷跑了，所以，我就将复仇的黑手伸向了你……”

（式　森）

（**题图**：魏忠善）

破碎的留学梦

江笑来自农村，学习非常刻苦，两年前本科毕业后，不但考上了一所名牌大学的研究生，而且还成了学校里著名教授王浩东的得意门生。最近，学校有两个公派去美国留学的名额，王教授向学校力荐江笑，名单虽然没有最后公布，但江笑赴美留学似乎已是铁板钉钉的事了，因为王教授在学校里向来说话很有分量。

江笑有个初中好友，叫华波，最近来城里打工，在一个建筑工地干活，得知江笑可能要出国，这天晚上便约他到市中心的一家特色饭店小酌，同来的还有一个小伙子，叫王海，这人过去江笑并不认识，但也是江笑一个乡里的，现在和华波在一个工地干活，所以华波把他也带来了。

一阵互相问候之后，三个人便开始畅饮起来，一边吃着喝着，一边谈着这些年来各自的经历。喝到面红耳赤时，外面的天已经漆黑一片，三个人酒意浓浓地走出饭店，准备穿过街心花园，到对面车站候车回家。就在穿过街心花园时，他们发现一条石凳上坐着一个打扮时尚的年轻女孩。

王海喷着酒气骂了声："他妈的，准是个'莺'。"

华波推了他一把："走走走，管她什么莺不莺的，难不成你还有钱玩这个？"

"玩这个要什么钱？"王海瞥了华波和江笑一眼，"反正这里没人，咱们干脆将这女的抢了，搞点钱去卡拉 OK 消夜！嘿嘿，谁不去谁就是孙子噢！"

喝得头昏脑热的华波和江笑被王海这话一激，根本没用脑子想一想，就一齐朝女孩逼了过去。女孩吓得浑身发颤，傻傻地愣在那里，嘴巴张了张，却叫不出一个字来，不出一分钟，她身上的钱和手机就被劫了个空。

这还不算，看着女孩可怜兮兮的样子，王海又生出鬼主意来，他淫笑着对江笑和华波说："哈哈，想不到今晚还有免费'夜餐'呢，兄弟们，你们有没有兴趣和我一起享用啊？"

江笑总算脑子没有彻底糊涂，一听这话，顿时酒醒了大半，惊慌地说："不不不，我们快走吧！"

华波也连连摆手："不行，不行，我们怎么能干这种事儿呢？"

可是王海却不肯罢手："傻帽！你们都不享用？那好，看我的！"他一边说一边就恶狼般地朝女孩猛扑过去，女孩被他压在身下，发出凄惨的叫声，江笑和华波吓得腿都软了。

就在这危急关头，突然从他们身后射过来一道强烈的光柱，有人怒喝道："住手！"王海见势不妙，"呼"地从女孩身上跳起来，正要开溜，被来人一把抓住。

来的是巡警！不但王海被抓，江笑和华波也被逮个正着。

消息传出，江笑的父亲江爸爸急得双脚直跳，他一直以儿子为骄傲和自豪，做梦也没想到儿子居然会出这样的事情；王教授也连连摇头叹息，他为江笑请来辩护律师，希望能给江笑一个争取悔过的机会。

在律师调查案情的过程中，有一天，江笑问律师："听说像我这种情况，如果有立功表现的话，可以争取轻判，是这样的吗？"

律师疑惑地问："立功？你现在还怎么立功？"

"我有情况反映。"江笑喃喃道，"虽然我说出来会对不起对我学业有恩的人，但为了自己的前途，我也顾不了那么多了。"

律师一惊，忙问江笑要反映什么情况，谁知江笑支支吾吾了半天，最后却什么也没说。律师把这个情况告诉了江爸爸和王教授，江爸爸吃不准儿子到底想说什么，但王教授听了却神色大变，马上借口有事，心神不宁地走了。

原来，江笑的话触动了王教授的心事：学校公派去美国留学的名额有两个，王教授除了力荐江笑，还同时推荐了另一个女生，这个女生的父亲是城里有名的大款，且和王教授私交甚好，那天大款为此事专门来找王教授，临走时扔下一个装着十万元的信封，这一幕恰巧被来找王教授的江笑撞见。

江笑想举报的，会不会就是这件事呢？王教授是个胆小怕事的人，自从收了大款烫手的十万元后，心里一直忐忑不安，甚至多次在夜里梦见被检察院传讯，最后落得个身败名裂的下场。现在听律师说江笑想通过举报立功，他感觉自己的末日就要到了。

果然，没几天，就传出王教授因受贿被立案审查的消息。但让律师感到奇怪的是，王教授归案，并不是因为江笑举报，而是王教授自己主动自首的；江笑根本就不知道王教授受贿，尽管那天他撞见大款给王教授递信封，但当时根本就心不在焉，脑子里正想着自己的论文。

律师困惑地问江笑:“那你要举报的,是什么事情啊?为什么还不赶快说出来?”

江笑居然微微一笑,说:“我想想,让我再想想。”

律师急道:“既然能戴罪立功,为什么还不抓紧机会?你也太不懂事了。你知不知道,你爸说,王海他妈听说儿子干了这样丢人的事,当晚就喝农药死了。还有,一直借钱给你们家供你读书的华波他妈,听说儿子被抓,也急出了病。我看你爸这段时间也不知愁白了多少根头发!唉——全村人都在骂你们呢!”

听了律师这番话,江笑羞愧地低下了头。

律师顿了顿,说:“好了,先不说这些了,你还是想想你自己该怎么办吧!”

没想到此刻,刚才还口口声声说要“再想想”举报事情的江笑,愣了一会儿,却对律师说:“没什么,没什么举报不举报,是我一时急了乱问的。”

律师以为江笑心中有顾虑,就苦口婆心地劝他,但江笑神情呆滞,再也没有开口。

当学校重新调整确定的两名学生赴美留学时,江笑正在农场劳动改造。那些天,他脑子里总是在回想当初他和华波、王海被抓前后的一幕幕,他问自己:如果不是我同情那可怜的女孩,暗中打电话报警,我是不是不会被抓呢?如果我后来告诉公安机关是我打的报警电话,我是不是就可以戴罪立功,只需坐一两年的牢?如果真是那样的话,我是不是现在也照样可以去美国留学呢?可如果让村里人知道那晚是我报的警,那么父亲以后还怎么在村里做人?华波的家人又会怎么想呢?

江笑一边想着,一边拼命挥动铁锹在挖树坑,坑里埋进了树苗,也埋进了他破碎的留学梦……

(龙　君)

(**题图:**谢　颖)

女儿最后的嘱托

老杨的老婆两年前因心脏病去世，老杨从此就越发把女儿喜兰当成自己的命根子。可谁知喜兰这天却突然晕倒在课堂上，送到医院一检查，竟然跟她妈得的是一样的病，而且医生说病情已经很严重了。

老杨急得一夜之间白了头发，他发誓，就是砸锅卖铁也一定要救喜兰的命。

老杨工资不高，家里原有的一点积蓄，两年前都丢进了老婆的药罐子里，所以老杨回到家里翻箱倒柜地找啊找，好不容易才找出两千来元钱，就赶紧往医院送。后来他又找亲戚朋友借，可借来的钱不到一个月就花完了。

这可咋办啊？

就在老杨急得走投无路的时候，他突然想起来，杀猪的黄二牛不是还欠着自己八百多元钱吗？那是年前黄二牛到他家收购生猪，当时没给钱，说是秋后再给。这个黄二牛和老杨家多少沾着点远亲关系，老杨碍于面子，想想反正这钱也是留给喜兰秋后交学费用的，于是就答应了。眼下，不是可以把那笔钱要回来救急吗？

想到这里，老杨安顿好喜兰，自己饭也没顾上吃，就急急火火地去找黄二牛。

黄二牛正在集市上忙着，可老实厚道的老杨真要开口去问他要钱，却又不知道怎么说了。

正踌躇着，倒是黄二牛看见了老杨，老远就招呼他："来，割块肉回去，打打牙祭呀！"

老杨看黄二牛这么热情的样子，便鼓起勇气走过去，憋红着脸对黄二牛说："我……我女儿病了，在医院里呢！"

黄二牛在一块猪肉上比划着："那就来点有营养的？"

老杨见黄二牛没明白自己的意思，说话就有点结巴起来："钱，我是说……你……你当初收我家那头猪时，欠……欠下的钱，我……我……"

一听老杨是来要钱的，黄二牛的脸立刻拉了下来。他放下手里的斩肉刀，嘴巴里叼上支烟，冷冷地说："不是说好秋后给的吗？你咋能说话不算数呢？"

老杨说话更结巴了："等……等……女儿等钱救……救命，你知道我……我也不是不讲信……信用的人……可……"话没说完，他就恨不得把自己的脑袋缩进脖子里去。

黄二牛喷了个烟圈，说："行，下个集你来吧，我今天没钱。"

人家说没钱，你总不能死乞白赖地要吧？老杨尽管急得眉头都快拧出水来了，也只好依了黄二牛。

等到了下一个集，这天一大早，老杨又心急火燎地去找黄二牛。谁知黄二牛竟然朝老杨两手一摊，说："不好意思，我今天卖完肉还得去买猪，不然生意要断档。今天没有多余的钱，下次赶集一定给你。"

老杨急得肠子都绞成团了：到底是谁说话不算话呢？可钱在人家包里，又不能硬抢，他只好咬牙道："这话可是你说的，下个集再不能拖了，人命关天呀！"

好不容易等来了下一个集，可老杨根本就没有在集上找到黄二牛的影子，问其他几个卖肉的师傅，都说不知道。老杨急得双脚跳：喜兰病得那么厉害，医院又三天两头催着缴钱，这姓黄的家伙，怎么能只管自己赚钱而不顾人家死活呢？

怎么办？老杨陷入了深深的绝望之中。

就在这个时候，喜兰的班主任来了，给老杨送来学校老师和同学们的捐款。拿着这个钱，老杨心里真是感慨万分：明明不是亲人，却胜似亲人；明明欠了钱的，却反而赖着不给！这人和人，怎么这么不一样啊？

这天早饭后，老杨在医院照料喜兰睡下，就上街去给她买草药。走过集市的时候，他突然看到黄二牛的身影，赶紧三步两步冲过去，生怕他再跑了似的一把抓住他的衣服，说："钱，你不是说好还我钱的吗？"

黄二牛今天生意才做没多久，一大早就被老杨盯上，他火冒三丈，于是把斩肉刀往案板上一拍，吼道："杀人偿命，欠债还钱。不就是欠了你几百元钱吗？哪有一大清早就来要的？我今天生意还做不做了？"

老杨一怔，这才意识到自己犯了忌讳，按乡里的习俗，早上是不能问生意人要钱的，于是连连点头道歉，在一边蹲了下来。他怕黄二牛再跑，不敢离开摊位半步，饿着肚子一直等到下午两点，等得嗓子都快冒烟了，终于等到黄二牛卖完了最后一刀肉。

老杨赔着笑脸,等黄二牛还钱,哪知黄二牛没好气地直朝他翻白眼,说:“没钱！今天这钱我要派用场,你下回再来。”

等了这么久,难道就等来这么一句话?老杨只觉着浑身都在冒火,他嗓门粗起来了:“不行,你今天不给钱就甭想走!”

黄二牛一愣:老家伙今天脖子硬了?嘿嘿,你再硬还能硬得过老子?他眯起眼睛,“呸”朝地上啐了一口,摇头晃脑地说:“你女儿生病关我屁事?我今天就是没钱给你。你上法院告我啊,就是法院判我还钱又咋样?还要看我乐意不乐意给呢！滚,我没时间跟你扯闲!”说完,他拔脚要走。

老杨的脸“刷”一下白了,他发疯似的拉住黄二牛:“不行,你今天非把钱拿出来不可!”

黄二牛冷笑一声:“我就是没钱,你敢把我咋的?”他边说边拿起那把明晃晃的斩肉刀,朝老杨眼前一晃。老杨吓得缩手一挡,刀划破了他的手臂,鲜血立刻渗了出来。黄二牛见老杨松了手,甩了家什就想扬长而去。

老杨一看急红了眼,此刻,郁积在他心头的愤怒全爆发了,他大吼一声,拿起黄二牛甩下的斩肉刀就一刀捅了过去,黄二牛应声倒在地上。

周围的人惊呼起来:“杀人了,杀人了!”

看着浑身是血的黄二牛,老杨呆了,手里的刀“当”地一声掉在地上……

老杨被拘留了,喜兰只能靠同学们轮流照顾。民政局给喜兰拨了救济款,医院也表示尽量减少喜兰的治疗费,可是喜兰却因为心忧如焚,病更加严重起来,一连几个晚上,她天天在睡梦中喊:“不要带走我爹……爹啊,是喜兰害了你啊……”

此时的老杨,又何尝不惦念女儿呢?

这天,老杨被带到监狱长办公室,他恳求道:“我能见见我的女儿吗?”

监狱长什么也没说，只是重重地叹了口气，递给老杨一封信。

老杨哆嗦着接过，打开一看，上面这样写着：

爹：

都是喜兰害了你！事到如今，你一定要好好改造，争取早日回家，再找个妈妈，好好过日子。爹，你一定要答应我，否则喜兰在地下不会瞑目。

爹，如果有来世，喜兰还做你女儿，喜兰为你烧饭，为你叠被……

信还没有看完，老杨就伤心得号啕大哭起来："喜兰，我苦命的女儿啊……"

（袁菽涛）

（题图：安玉民）

法 界 传 闻

人们喜爱善，珍惜善，向往善，并且总是期待着有朝一日善会在什么地方降临，去抚慰、去照亮严酷的、黑暗的生活。

石破天惊的邮包

在监狱的高墙电网之下，最令一个个光头们高兴的莫过于领邮包了，家里的亲人总担心他们吃不好，所以经常寄一些食品之类的东西。只要一到邮包发放的日子，那简直就跟过节一样，被告知有邮包的犯人，全都高兴得一蹦三跳的，因为这里关的差不多全是些好吃懒做、贪图享乐的主儿，如果不是那样也进不了监狱。

这天，新入狱的犯人储升正好赶上发放邮包的日子，只见犯人们领到邮包后，身旁很快围上了来"拔丝"的哥们，然后，三个一群、五个一堆地狼吞虎咽起来。一旁的储升眼馋坏了，但是眼馋得再狠也捞不到吃，因为他刚来没几天，跟别的犯人都还不熟。可他心眼机灵，黑眼珠滴溜溜地转了几圈后，便朝那人堆中走去，一边嘴里嚷道："拔丝们，请给老哥来点尝尝，等过两天我家来了邮包也请你们吃！"

"去，一边去！谁的裤裆烂了把你给露出来了？"一个犯人嘴里吃着食品，头也不抬地冲他说着。

储升讨了个没趣儿，悻悻地走开了："哼，臭美啥，不就是来了个邮包吗？到时候等我来了邮包，看不把你们馋死！"

有个犯人听储升这么一说，斜着眼阴阳怪气地说："咦？你家也会有人给你邮东西？"

储升没好气地问道："咋没有？"

"谁会给你寄呢？"

储升一听火更大了，说："咸吃萝卜淡操心，关你屁事？"他说完便回到自己的监舍，坐下后就开始给家人写起信来……

没过多久，又到了发放邮包的日子，管教干部开始念名单了："李大军，张二孬，储升……"

"到！到！"储升一听有他的邮包，回答的声音比任何时候都响亮，他快步走上前去，从管教干部手里接过邮包，昂首挺胸地走着，那架势就跟抱了个皇帝的大印差不多。

储升回到了监舍，别的犯人一见他捧回个邮包，眼光齐刷刷地一齐盯住了他。

储升一见这阵势，心中暗自乐道：等着吧，待一会儿我坐着你们站着，我吃着你们看着，气死你们！

储升把邮包往腿上一放，伸出双手将封口一撕，只见从里面掉下一张纸条，储升拿起纸条一看，上面写着一行字：爸，这是你最爱吃的东西！

储升把纸条扔到了一边儿，然后迫不及待地下手去掏，掏着，掏着，他的手不动了，好像触了电似的。

别的犯人一见这阵势也都纳闷了，纷纷凑了上来，想看看储升的家里到底寄了什么好东西，竟会使他惊奇得像傻了一样。

可走到跟前一看，全都愣住了，只见那个邮包里满满塞着的全是草！

“咦，怎么回事？”

“咋尽是些草呢？”

过了好长时间，突然听到有人说道：“我知道是咋回事儿啦！”

大伙儿一看，说话这人，正是先前断言储升家不会寄邮包的那个犯人，他是储升的同乡。别的犯人早憋不住了，连声催促着：“别卖关子啦，快说说！”

那个犯人把身子往前一探，低声问大家：“你们知道他的东西是谁寄的吗？”

“废话，那纸条上不是叫他爸嘛！”

那个犯人又问道：“那你们知道他犯的是啥罪吗？”

“不是强奸罪嘛，可这跟邮包有啥关系呢？”

“可他强奸的就是他的亲闺女呀！”

就像黑暗的屋里捅破了一层窗户纸，众人全都明白了，都从心眼里瞧不起储升，有一个犯人故意拿腔捏调地大声说道：“储升就是畜生，哪有人样，畜生本来就是吃草的嘛！”

众人一听，哈哈大笑，可笑了一会儿立刻又都停了下来，然后静静地散开了。是啊，仔细想想，笑谁呢？自己不也曾经是……

从那以后，监狱里向家人索要邮包的一下子少了……

（杨小海）

（**题图**：魏忠善）

捡了一把枪

封林老家在河南农村，他连年在外地打工，一直平安无事，这次只因一时贪心，麻烦从此缠身！

这天，封林随老板到市里购买建筑材料，装了一车麻花板后，老板看了看手表，已将近中午，就说他还要办些别的事，给了封林十元钱，让封林自己吃点饭，完事后就直接回工地。

封林在小餐馆要了份鱼香肉丝和二两白酒，酒足饭饱之后很惬意地出了市区。再翻过两座山，就是他们的建筑工地了，他正走在林间小道上，走着走着，忽然回过头来退回两步，因为刚才经过的草丛里好像有一个什么东西。他扒开草丛仔细一看，蓦地惊呆了：一把手枪！

封林警惕地朝四外看了看，没有半个人影，于是迅速捡起手枪，掂了掂，还挺沉重。他过去玩过工友们的打火机手枪，和这枪的模样差不多，但玩具枪轻得多，这肯定是真家伙。这是凶器，说不定和什么案件连在一起，应该马上交给公安机关，想到这里，他拔腿就走。

如果封林一直走到公安机关，也就没事了，偏偏他走了几步停下了，心里七上八下地思谋开来。记得曾有工友闲扯过，说现在卖黑枪特走俏，一把枪能卖上万元。甭说上万，能卖个五千六千的，就能抵上累死累活干一年了，明明能白捡这么多票子，为什么还傻帽似的去交公？

回到工棚，封林把手枪悄悄藏进装衣物的提包里，还加了两把锁。开始几天，他心里挺忐忑不安的，后来见什么动静也没有，也就心安理得起来：反正是捡的嘛，怕什么！

一天，工地放假半天，封林独自来到林子里，前几天他趁工棚里没人，偷偷卸下手枪里的弹夹，看到里面有四粒黄灿灿的子弹，好奇心使他想试一试这把手枪。

林子里很荒凉，封林举枪瞄准前面一棵老松树，“砰”一声子弹就飞出去了。枪声未落，忽听前方老松树下传来“啊”的一声惨叫，封林的心立马绷到了嗓子眼，他吓得撒腿就跑。因为他想起小时候听爷爷讲过这么一件事：爷爷有一次打猎时，曾误把一个人影当作野鹿开了一枪，那人虽没死，却从此成了聋子……

跑着跑着，封林停住了脚步，因为那惨叫声像是女人在叫，好奇心驱使他又来到老松树下。封林正在察看，只见灌木丛里“霍”地站起一个红衣女子，连声说：“谢谢你救了我，警察哥哥！”原来封林那天穿的是一件旧武警服，那女人误把他当警察了。

女人说：“我叫柳叶，是来市里打工的，刚才有个家伙想强暴我，幸亏你开了一枪，把他吓跑了。你是我的救命大恩人啊！”说完，又是连声道谢。由于刚才受了惊吓，女人说话的时候，身子一直簌簌发抖。

看女人这副样子,封林顿时起了怜悯之心,就把身上仅有的十元钱塞给了她,又把自己的姓名和工地的地址、电话号码都告诉了她,说以后碰到什么难事,可以找他。

回到工棚后,不知怎么,封林总觉得自己和这个女人有缘分,只要一想起她,就浑身燥热,甚至睡梦中,他还和这女人拜起了天地。不过,封林也因此不想再把手枪留在身边了,他想尽快把这玩意儿卖出去,总觉得留在手上有点吓人。

就在封林这么想的时候,那个叫柳叶的女人居然打听着找他来了。柳叶红着脸,兴高采烈地对封林说:“今天老板发奖金,我想请救命恩人吃顿饭,行吗?”封林自然高兴得合不拢嘴。两人边吃边聊好不开心,兴头上,封林便把捡到手枪的事前前后后对柳叶说了实话,还说等啥时候把枪卖了,给她一半的钱。柳叶一听脸更红了,抱着封林就亲了一口,说:“卖枪的事,我帮你想办法。”

没过几天,柳叶又来了,悄悄告诉封林,她找到买主了,并且谈好了一万元的价;还叮嘱封林,到时候一分钱都不能让,封林连连点头。

柳叶把封林领到郊外一个破旧厂房里,有两个贼眉鼠眼的人早在那里等着他们了。其中一个外号叫“地铁”,地铁拿起封林带来的手枪左右端详了一阵,说:“果然是真家伙,成交!一万元,我打个电话,让他们拿钱来。”

半个多小时后,一辆车停在了厂房外,从车上走下一个尖嘴猴腮的人。可谁知那人刚走进厂房,人还没站定,就被躲在一边的地铁一枪撂倒,地铁用的正是封林的那把枪!随后,地铁卸下枪弹夹里的两粒子弹,对封林说:“借你的枪用一用,现在‘黑浪’被打死了,这把枪也可以完璧归赵了。”说罢,他掏出手绢擦了擦枪身,把手枪塞到了封林手里。

封林早被枪声吓傻了,也不管什么钱不钱的,拉起柳叶就要跑,却被地铁拦住了。地铁说:“你不是要卖枪吗?我这里也有一把!”说着,他从怀里掏出一把左轮手枪,“叭”的一声举枪就把封林撂在了地上,随后又用手绢擦了擦枪身,将这把左轮手枪塞到了黑浪手里。

倒在血泊里的封林挣扎着想爬起来,他的眼睛死死盯着柳叶。柳叶朝他冷笑了一声,说:“傻菜,枪是可以随便摸的?我让你死个明白吧:明天,警察就会发现这里有你和黑浪两具尸体。你不知道黑浪吧?他是道上出了名的毒品贩子,老想撬我们的行,打死他的子弹,是从你的枪里射出的;而黑浪这死鬼手里的枪,就是刚才打你的。警察最喜欢指纹了,肯定会认定是你们这两个凶手互相开枪射击,既然都死了,案子也就结了。哈哈,好简单耶!”

封林拼命支撑着身子,说:“可是……可是,我……我救过你的命!”

柳叶鼻子里“哼”了一声:“你一声枪响坏了我们的白粉交易,没当场灭你算客气了!”

封林觉得自己真的是傻菜,怎么就鬼使神差地去捡那该死的东西呢?现在懊悔也来不及了!他想扔掉手里的枪,可是已经没有丝毫力气了,一口热血涌到喉咙,他就什么也不知道了……

(吕炯华)

(**题图:**黄全昌)

好一个吻

小邵姑娘是个新警察，长得漂亮，警校毕业后被分到一个繁华地段做片警，她工作认真负责，扫黄打黑一丝不苟，捉贼抓匪无所畏惧，这一片的老百姓对她都是交口称赞。

小邵刚来的时候，街心花园有一尊汉白玉的少女雕像，这雕像洋溢着浓浓的青春气息，只可惜没有了头部。小邵向居民一打听，他们说雕像的头早就没有了，几年前，这个雕像刚安放在这里的时候，有个外号叫“吴花子”的男光棍天天晚上睡在雕像的旁边，头像丢失以后，有人怀疑是他偷偷砸了去，藏在什么地方了。

吴花子五十多岁，没老婆没孩子的，也没正当职业，一辈子总是在局子里进进出出。后来年纪大了，他更不学好，觉得在外面过得没意思了，就明着犯点偷瓜摸枣的小事，进局子去蹲两天，找个吃饭的地方。小邵刚来的时候抓过他几回，后来同事告诉他，他是故意让你抓的，小邵知道了他的心理，于是就不再把注意力重点放在吴花子身上。吴花子好长时间不进局子，觉得浑身痒痒，但看到小邵身着警装，一身正气，顿时又觉得自己贱了几分，对她就不敢正眼相看。后来憋急了，吴花子在别人跟前放出风来，说要是小邵再不管他，他就干件大事给她看看。别人问他干什么大事，他气昂昂地说："哪天我非要抱着这娘们亲两口，看她管不管我！"

小邵听了别人传过来的话，开始还真有点害怕：万一这家伙真疯了似的当街搂抱自己，那该有多恶心哪！可这话说了多时，吴花子却一直没什么动静，小邵也就渐渐宽下心来。

这一天，小邵在街上巡逻，吴花子突然从后面追上来，冲到她面前，紧紧抱住了她。还没等小邵反应过来，"砰砰——"传来两声枪响，紧接着，小邵看到吴花子脏兮兮的脸上露出了一丝欣慰的笑意，他抱是抱了小邵，但没有去吻她，不知是来不及吻，还是本来就没打算吻，他只是艰难地对小邵说："你……你真像那个雕像……"话没说完，人就"扑通"倒在了地上……

事后，经过侦查才知道，原来是小邵得罪了当地的一个犯罪团伙，他们买凶，要枪杀小邵。吴花子当时看到远处有人持枪对准了小邵，就啥都没想，跑上来替小邵挡住了子弹……

吴花子出殡后的第二天，有人好奇地去看了他那个秘不示人的"家"，那是在一座水泥桥下搭的一个窝棚，在一床油腻腻的被子里，人们发现了那个失踪多年的少女头像……

（于文君）

（**题图**：安玉民）

一根银手链

这件事情，虽然说起来有点难以启齿，但当时真的很出人意外，现在回想起来，小王仍然觉得有点啼笑皆非。

那天，小王坐在客厅的沙发上悠闲地看书，忽然，电话铃响了，他抓起话筒一听，是一个年轻姑娘的声音："你是原先住在桂黄街7号的王先生吗？"

小王说："是啊。"

那姑娘"扑哧"一声笑了，说："最近你没在那住吧？"没待小王应声，她突然"哼"了一声："你干吗在柜子上乱贴字条？神经兮兮的！"

小王冷不防听对方这么一说，顿时目瞪口呆：这女人怎么知道我在书柜上贴了字条？

这姑娘说得一点都没错。半年前,小王买了新房,搬过去之后,那桂黄街7号的老房子就一直闲置着。上个星期,小王办事儿经过那里时,顺路进老屋去看看,没想这一看却让他大吃一惊:门上的铁锁被人撬过,铁销已经露出了一半,庆幸的是锁还没有被彻底撬开,所以窃贼没有进屋。回家后,小王把这件事告诉妻子,妻子给他出主意说:"你给那老房子换把大锁,再写个告示贴在屋里,告诉小偷我们工薪阶层不值一偷,不就完啦?"小王一听觉得有道理,于是拿出一张白纸,"刷刷刷"写下一行大字:敬告各路英雄好汉,咱乃工薪阶层,穷光蛋也,此屋除书报杂志、残桌破椅外,并无钱财细软,万望见谅!写好后,小王就拿着它兴冲冲又跑到老屋,将字条贴在迎门的书柜上,以便让那些"英雄好汉"一进门就能看到。他还以为这样就可以从此高枕无忧了,谁知道今天会接到这么一个电话!

既然姑娘在电话里这么说,小王意识到一定是老屋里发生了什么事情,于是急着朝对方喊道:"你怎么知道我家柜子上贴了字条?你撬了我家的门是吧?"

话筒里没有声音,看样子对方是故意不睬他。小王心想:这女人真厉害,不但撬了我的家,一定是在屋里看到我的名片,竟然还给我打起电话来!

小王气得正想破口大骂,忽然姑娘在电话那头尖声笑了起来:"我说你呀你,你干吗不把那字条贴在门口呢?害得我们在你屋里白白折腾了半夜,什么东西都没有捞到,反倒把我的一根银手链弄丢在你屋里!"

啊,原来如此!小王不禁乐了:那字条还真是没有贴错地方!

"你幸灾乐祸了是不是?"那姑娘的声音突然变得分外甜美,"大哥,本来这银手链丢了就丢了,我也不该向你要,可这东西是我奶奶留给我的,虽说值不了多少钱,可它是个念想……我知道我错了,你帮帮忙,帮我找回来好吗?”

小王一听,真是觉得又好气又好笑:“我正想逮住你呢,你竟然还敢跟我要银手链?”

“大哥呀,逮我还不是为了教育我吗?你好好教育我不就得啦,我一定改邪归正,你就行行好,好人一生平安,就莫要难为小妹了……”瞧瞧,这话说得多动听啊!

也不知道小王是哪根神经出了问题,鬼使神差,心一软,竟答应了去老屋替姑娘找银手链;还说,他明天上班前就去,大概七点钟的样子,让她最好也这个时候去,如果找到了,就当场还给她。

姑娘一听小王让她当面去拿,推说“不好意思”,怎么也不肯露面,她对小王说:“你若是找到了,就把东西放在屋门口吧,我自己会来拿。”说完,就把电话挂了。

小王让姑娘自己来拿,是怕以后万一有什么事情说不清楚,既然对方不肯露面,也罢。第二天,他一早就去了老屋,三找两找,果然在老屋的地上找到了。他把银手链放在屋门口,看看上班时间还早,于是就悄悄站在离老屋不远的地方,怀着一肚子的好奇心,希望那姑娘这时候来,能够看看她到底长什么模样。

这个时候,因为天还早,老屋附近小街上也没什么人,小王静静地等着,好长时间,除了一个衣衫破旧的乞丐走过时在屋门口坐了一会儿之外,小王再没看见别的人经过了。他有些不耐烦,看了一下时间,发现早已超过了七点,他突然决定拿回银手链,先去上班再说。可是他走到老屋门口一看,天哪,哪里还有什么银手链的影子?原先放银手链的地方压着一张字条,上面写着四个字:谢谢大哥!

小王惊讶极了,不禁回头到处张望,只见一个漂亮的姑娘正骑着摩托车在离他不远的地方疾驶而过,还冲他摇摇手,情意绵绵地给了他一个飞吻。难道她就是给自己打电话的姑娘?那么乞丐和她是什么关系？没有乞丐帮忙，她是无论如何也不可能把银手链拿了去的呀！他们是一伙的？想不到自己这么一个大男人，竟然又被戏弄了一回，小王恼羞成怒，差点没骂她的娘。

三天后，又发生了一件令小王不敢相信的事！谁也猜不透这个神秘的姑娘是怎么想的，她竟然给小王单位的领导寄来了一封感谢信，说小王学雷锋拾金不昧，请求领导给予表扬……

好多年以后，有一天，小王出外办事，中午在一家小饭店用餐。那饭店的老板是个女的，年纪还挺轻，看到她的刹那间，小王惊呆了：虽然那天女贼是骑着摩托车疾驶而过的，但眼前的女老板却和那个女贼的相貌惊人的相似！

女老板的神情有点异常。这时候，她女儿放学回来了，面对着孩子，女老板用一种异样的眼光看着小王，小王从她的眼神里感觉到了她内心的张皇、乞求和愧疚。面对着孩子天真无邪的笑脸，人世间的罪恶，哪怕只是一丁点儿，也应该销声匿迹的，想到这里，小王宽慰地一笑，离开了饭店……

（蒋跃民）

（**题图**：安玉民）

墙头上的标语

大弯村里有个习俗：爱刷标语。隔三差五，说不准就有哪个村干部拎着漆桶、拿着毛刷过来，“刷刷刷”地写上一溜鲜红的大字，上自国策、下到民风，都可以在这里读到，从早年的“农业学大寨”，到后来的“少生孩子多养猪”，到再后来的“一年一变样、三年家家盖洋房”，甚至谁家死了几只鸡，当天村口或许就会出现一条标语：“全村动员防鸡瘟！”

对这些标语，村民老根很感兴趣，他读过两年私塾，肚里有几滴墨水，常常会摇头晃脑挨个儿一条条地瞧，他发现只要看看这墙上新写了什么话，就可以知道外面是什么形势。

老根有个儿子，名叫铁蛋，是个不大规矩的角色，吃喝嫖赌、坑蒙拐骗，样样都沾着，是十里八乡挂了号的无赖。上个月，铁蛋拦路抢劫一个卖山货的老头，还把人家刺成了重伤，他晓得自己捅的娄子大了，家也没回，就鞋底抹油躲到外面避风去了，乡派出所所长和村主任找到老根，老根才知道儿子闯下了大祸。老根搓着青筋暴突的手，气得直骂："畜生，这个畜生……"

所长不是来听老根骂的，他要人，可是老根确实不知道铁蛋躲哪里去了，所长觉得再问下去也问不出什么名堂来，只得走了。所长和村主任走后，老根和他老伴的心就像井里的水桶七上八下的，他们伸长了头颈瞪大了眼，盼着儿子早点回来，可铁蛋却像断了线的风筝，大半年过去了，没有一点音讯。

一天深夜，铁蛋忽然偷偷地溜回家来了，老伴惊喜地搂着儿子泪流满面，老根也是泪水止不住地往下流。铁蛋瘦得像猴子似的，可见这逃亡的日子不好过，老根和他老伴赶紧把屋里能找到的东西端出来，给儿子充饥。

盯着狼吞虎咽的儿子，老根问："你回来了，打算怎么办？"

铁蛋叹口气，说："外面太苦了，先在家里躲躲再说吧。"

老根说："躲？这日子哪天才是头呀？村口的标语不是说了，'躲得了初一，躲不过十五'。我看，不如去乡里自首？"

一听这话，老伴顿时跳起来，手指直戳老根的额头："你这老不死的，虎毒还不食子呢，你竟然要把儿子往牢里送？"

铁蛋也瞪起牛眼发狠，老根吓得一缩脖子，不吱声了。

天一亮，老伴叫老根到集市上去买大鱼大肉，说要给儿子补补身体。一路上，老根心想：要不要再劝劝铁蛋到派出所去自首？他慢慢地走着，一抬头，猛发现村口墙上多了条标语，眯着眼瞧了一遍，心里"咯噔"一下，赶紧揉揉眼睛，又仔细地看，那墙上清清楚楚地写着，"投案自首是犯罪"，白底红字，斗一般大。

老根不禁倒抽了一口凉气：天哪，啥时候政策变了？不许罪犯自首啦？他不敢相信这会是真的，但眼前的标语却明明白白地刷着呢。老根毕竟是个穷乡僻壤的普通农民，他没有懂得太多,再说,当父亲的总想护着儿子,就像落水的人盼着水面上漂来一根稻草似的。老根菜也顾不上买了,立马回家,把新政策传达给老伴。

老伴一听,理直气壮地对老根吼着:“我早就说了不能自首,你现在信了吧?”

老根鸡啄米似的点头,心服口服。老两口马上把菜窨子收拾收拾,让铁蛋藏进去。

但是,正应了不久前刷在老根屋后墙上的那条标语,“群众的眼睛是雪亮的”,没过两天,就有村民到派出所举报,警察来了个突然袭击,没费多少工夫,就把铁蛋从地窨子里给揪出来了。更让老根料想不到的是,他自己和老伴因为包庇犯了罪的儿子,也被押上了警车。

老根如雷轰顶:“为啥抓我?不是说不许自首了吗?要不我早带儿子去投案了呀!”

派出所所长瞪着铜铃似的眼睛呵斥道:“谁说不许自首了?一派胡言!”

这时警车正好开到村口,老根指着那条墙上的标语叫道:“你看你看,那墙上不是写着的吗?”

所长探头往外一看,也愣住了:“这是什么话?谁写的?”

正纳闷着,车子转了一个弯,所长和老根都看到了,另一面墙上还有几个红漆大字:“分子的唯一出路!”

老根呆了呆,一下子明白过来了,原来这条标语是:投案自首是犯罪分子的唯一出路!标语太长,一面墙写不下,下半句就拐了个弯,写到另一面墙上去了。

老根顿时悔得跺脚捶胸,哭叫道:“我说哪来的怪事呢,犯罪分子哪能不自首呢!现在完了,要蹲班房了,死老婆子呀……”

(王　卫)

(**题图:**安玉民)

老哥儿们

何老汉这一阵子可闹心了，他是个孤寡老人，心脏不好，失眠得厉害，可他那幢住房的楼下新近有人摆了个烤羊肉串的摊子，摆摊的主叫常省三，这人在十八岁时因聚众斗殴出了人命，被判了无期徒刑，后来减了刑，等出来时已经三十八岁了，生活无着，他瞅着小区马路边的地方不错，来往人挺多的，就在路边烤羊肉串，摆了几张桌，录音机开得山响，做开了买卖，他那摊子紧挨着何老汉那幢五层住宅楼，成天烟熏火烤、歌声嘹亮，弄得整个单元的人没法开窗户，吵得半宿还睡不着觉。

何老汉住在三楼，更是深受其害，他也曾找过几个管事的单位，但人微言轻，加上常省三这种身份背景，谁愿意招惹他？因此问题一直没给解决。这天下午，何老汉实在受不了啦，下楼和常省三吵了起来，常省三把何老汉骂了个狗血喷头，何老汉哆哆嗦嗦地爬上三楼的家就气倒了，躺在床上直哼哼，连寻短见的心思都有了。

傍晚时分，来了个老头，姓李，他是何老汉当年的工友，退休后闲着没事，周游列国，来到这座小城，他知道何老汉是个老光棍，做饭麻烦，就买好了酒肉，来登门拜访。李老汉见何老汉躺着，以为他病了，忙关切地询问，何老汉晓得对方是个火暴脾气，没跟他说。可一瓶大曲下肚，何老汉再也憋不住了，竹筒倒豆子把前前后后的事儿全告诉了对方，一边说一边委屈得直掉眼泪。这时李老汉也喝多了，拍案而起，说要下楼找常省三算账。何老汉忙拦下他，说："你打不过那地痞的，何必去鸡蛋碰石头！"

可是酒壮人胆，等第二瓶大曲一半倒进肚子里时，俩老汉都飘飘然了。李老汉"嗨嗨"笑了起来，因为他想出了一个好主意：爬到楼顶上去，先扔下块小石头砸常省三一下，再撒下一把石灰，砸了这小子今晚的生意，教训教训这个欺人太甚的王八蛋！醉醺醺的何老汉直夸这个办法妙，还让李老汉一干完就马上下来，给他留着门，然后来他个一不作声、二不认账，谁也奈何不了他们老哥儿俩。

何老汉家的阳台上有以前刷墙时剩下的一小袋石灰，还有块半截红砖，于是李老汉提着石灰和红砖就要走，何老汉叮嘱他：千万要把砖弄成小块的，别砸坏了人，李老汉连连点头。

李老汉走后，何老汉一直提着颗心，心窝里像是揣了个小兔儿，"扑腾扑腾"跳个不停。没一会儿，楼下突然大乱，有人高叫："砸死人啦！""快报警！"何老汉吓得酒全醒了，他"砰"地开窗向下一看，只见常省三倒在地上一动不动，周围全是喊叫的人，像炸了营。

所谓无巧不成书，正巧这时，新上任的市委李书记在警局领导陪同下检查评估治安状况途经这里，他们闻讯一边把常省三送医院，一边挨家挨户查问，搜寻扔石头的嫌犯。何老汉听到楼道里有人嚷嚷着：“这个单元五层十户人家，都要查，还有楼顶！”接着就是一阵“噔噔噔”上楼的脚步声。

何老汉心里一惊：不好，李老汉还在楼上呢！他“呼”地就把房门拉开了，走出去站到楼道里吼道：“你们不用找了，那王八蛋是老子砸的！”

话音刚落，立刻有几个警察围了上来。其中一个警察打量了一下何老汉，问：“常省三是你砸的？”何老汉毫不含糊：“是我砸的！活该，砸死那狗东西！”于是警察就带着何老汉下楼。

再说李老汉，因为酒喝多了，他提了石灰和红砖好不容易爬到楼顶，眼皮已经耷拉下来，脚下一个踉跄，扑在地上就“呼呼”睡了过去，什么常省三挨砸、警察搜查，满楼里吵吵嚷嚷的闹声，都没吵醒他。

等李老汉一觉醒来，天都蒙蒙亮了，他朝楼下看，常省三那个烤羊肉串的摊子早没了影。他下楼来到何老汉房门前，可是敲了半天门也没人理，他觉得很奇怪。这时候，对门邻居听到声响开门出来，告诉他昨晚的事，李老汉大吃一惊，只觉得头皮发麻，他记不清自己昨晚到底扔没扔石头，也许是扔了之后自己睡着了？对了，一定是警察来搜查，何老汉为保护自己挺身而出，这才被抓的。好汉做事好汉当，怎么能让何老汉去背这个黑锅？

李老汉问清派出所的地址后，马上赶了过去。李老汉对值班警察说：“石头是我扔的，和何老汉无关，你们赶快把他放了吧！”

警察鼻子里“哼”了一声，说：“你们俩老头倒很仗义嘛，争着顶罪。告诉你们吧，常省三没死，只是把一条膀子砸坏了。不过，你们已经触犯了法律，就等着治安处罚吧！”

这时，电话铃响了，警察去接电话，刚听了几句，就一个劲地答“是”。搁下电话后，他十万火急地拨通了派出所所长的电话，急促地说道:“所长,我是小周,请您立即过来,市委李书记要来……好,好,我再通知政委!”

没一会儿,一阵喇叭响,一辆皇冠轿车驶进了派出所的院子,市委李书记带着秘书到了。刚才在路上,李书记吩咐秘书:立刻通知区委、区政府、公安分局、城管、工商等单位的主要领导,马上赶到这里。他这一道令,哪个敢怠慢啊!

李书记进了屋,没往别处去,只问砸石头的老汉关在哪里。李书记和两个老汉热情地握手,还把他们让进会议室,请他们一左一右坐在自己身边。

不到一刻钟,所有相关领导全部赶到,派出所的院子里停满了小车。李书记见人到齐了,意味深长地问何老汉:“老人家,常省三在您那幢楼的窗户下烤羊肉串,您上访过没有?”何老汉来了气:“怎么没上访过?工商、城管、派出所、区委、区政府,我都去找过,可到处给我踢皮球,没人管!”

李书记的目光一扫全场,口气变得不客气了:“太不像话了!这么点小事都解决不了,逼得老人家急了眼,要用石头砸人自己解决!啊?原本可以通过正常渠道圆满处理的事情,非要闹到出了人命才能触动你们吗?啊?我还听说出事后,两位老人家争着要当‘凶手’,啊?姑且不论他们的做法对不对,但他们这点勇于承担责任的精神,比起我们这些人的不作为来,我们难道不应当感到羞愧吗?啊?”

这一顿训,训得在座的一帮人大气也不敢出!会散了,李书记要别人先走,他说要陪两位老人家说说话,于是参加会议的那些领导都识趣地离开了会议室。

到了这时,李书记才开始埋怨李老汉:“爹,我是昨晚接了娘的电话,才知道您来看何伯伯了!爹呀,不是我说您,您怎么越活越倒退了?明明知道我在这当书记,有什么事给我打个电话不就成了?您老人家倒好,要拿石头去砸人!”

话说到这里,何老汉才知道李书记竟然就是李老汉的儿子!

其实事情也并非这么简单:那块砸了人的石头后来由天文台鉴定了,是块从天而降的陨石,是老天爷砸的常省三!天文学家说了,陨石砸中人的几率,跟买彩票中大奖一样难,常省三那个倒霉蛋,还真就中了!唉,大概是那个家伙实在太坏,连老天爷都看不下去了!

常省三是被陨石砸的,这没错,但是这陨石不是从天上砸下来的,而是从楼上砸下来的:何老汉那个单元的五楼有一名男子,他的女儿要参加小学升初中的考试,自从常省三这个摊子开张以来,他女儿就没法复习功课了,他爱人只好带着女儿回娘家住。他本人是个倒三班的工人,因为休息不好,上班时好几次差点出事,昨晚他实在是忍无可忍了,这才顺手抄起块石头从窗口扔了下去。石头是他回乡下老家时在河滩上捡的,因为样子挺古怪,就没舍得扔,带进城来,谁知道是块陨石哩!当时石头扔下去,下面立刻没了声音,多日来郁积在心头的恶气终于出了,他还挺高兴呢,心里想道:今晚终于可以睡个安生觉了……

（李元奎）

（**题图**:魏忠善）

告状奇遇

农民老万到城里打官司，找了一家小旅社落脚。

客房是两个床位的，先来的房客是个四十岁左右的中年人，自我介绍说他叫李文生，是省城一家工厂过来催货款的业务员。李文生问老万："大叔，你进城做啥事呀?"

老万昂昂头说："打官司。"

李文生很好奇："为什么事要到城里来打官司?"

说起这件事，老万一肚子气，老万要告的是村长的儿子大宝。半年前，大宝喝醉了酒，骑摩托车时把老万的牛给撞断了腿。那牛是老万的心头肉，老万就跟大宝理论，可大宝不但不道歉，还倒打老万一耙，说要不是牛挡路，他也不会从摩托车上摔下来，所以别说这牛被撞断了腿，就是撞死也活该。老万一听这话，气得一蹦三尺高："牛不懂事，你也不懂事？"谁知这话把大宝惹恼了，抬手就给了老万一巴掌，由于下手太重，竟把老万的左耳膜打破了。老万到医院住了半个月，花去五六千元钱，左耳才只恢复了一半听力，他咽不下这口气，出院后就到乡法庭去告大宝。没想大宝不但不承认打过老万，反倒要老万赔偿他从摩托车上摔下来的损失。由于当时没有目击证人，老万又提供不出别的证据，乡法庭便各打五十大板，互不追究。老万当然不服判决，这不是欺负老实人吗？一怒之下，就进城告状来了。

李文生听老万把经过说完，分析道："大叔，我看你打这个官司有点麻烦，你得有证人，证明他确实是酒后驾车撞了你的牛，证明确实是他打了你，才行啊！"

老万扯着自己的左耳朵，愤怒地说："还要什么证据，我这耳朵不就是证据？我还能没事自己把自己打聋了？哼，我就不信，乡里有他的人，难道城里也有他的人？"说到这里，老万狡黠地笑了，朝李文生眨眨眼："不瞒你说，我在城里倒是真有个人！我一个远房侄子在城里当局长哩，让他去法院打个招呼，这官司我准能赢。"

没想到这个看上去挺憨厚的农民居然还有这一手，李文生便问他："你侄子在哪个局当局长？"

老万挺得意地亮着嗓门说："气象局！"

"气象局？"李文生"扑哧"笑出了声，"气象局算什么！"

老万瞪着眼睛说："气象局还不算什么？天王老子都归它管哩！"

李文生不接他的话茬，瞥一眼他带来的鼓鼓囊囊的大提包，话题一转，说："是土特产吧？现在谁稀罕这种玩意儿！"

老万不由挠挠头："你见多识广，那你说，我给他送点什么好？"

李文生说："如果他不想收，你送什么他也不会要；如果他肯收,那你最好就送这个。”他冲老万捻了捻手指头。

老万一看心里慌了:这不是让我送钱嘛!可自己兜里除了出门时老婆塞了一把碎钱外,总共就只有东拼西凑借来的一千元钱,吃的住的全在里面了,要送了人,自己还活不活了?他突然就觉得心里空落落的,一下子没了底气,直到吃晚饭的时候,还闷闷地坐在那里发愁。

李文生见老万这个样子也不吱声,出去转了一圈,回来的时候手里拎着几瓶啤酒和几包熟菜,非要拉老万一起喝。

老万一则没心思,再则也不好意思,吃了人家的,以后拿什么还?他赶紧从包里掏出几只干馍馍,一面往嘴里塞,一面对李文生说:“咱乡下人不讲究,能有这个填饱肚子,就知足啦!”

李文生硬是不答应:“咱俩住一个屋,是缘分,你客气什么!”

没办法,老万只好从命。

饭罢,老万早早上了床,脑子里翻来覆去就想着打官司的事,他突然发现隔壁床上的李文生也在翻来覆去地“烙饼子”,心里就有点不好意思起来:看起来,人家催货款的事一定也很头疼,人家对自己这么客气,自己明天也得关心关心人家,问问他的事办得咋样了。

老万正迷迷糊糊这么想着的时候,一阵警笛声突然由远而近响了起来,老万猛地清醒过来,不知道出了什么事,心里不免有点紧张。他正想问问隔壁床上的李文生,却发现李文生已经从床上滚到了地上,眨眼之间就开门闪了出去。老万看他身上穿的外裤外衣,心里觉得很奇怪:他睡觉咋不脱衣裳呢?

警车很快经过旅社门口开远了,没一会儿外面就静悄悄的什么动静也没有,老万正猜测李文生会去了哪里,就见他探头探脑地回来了,先是轻手轻脚地走到老万床头看了看,随后才上自己的床。老万心里不由琢磨起来:这房客到底是个什么样的人呢?

第二天早上，李文生刚起床，老万就忍不住问他："你昨晚睡得好吗？没听到半夜警车叫？"

"警车？"李文生奇怪地瞪眼瞅着老万，"警车来这儿干什么？我一觉睡到大天亮，什么都不知道啊！没出什么事吧？"

老万心想：警车来时明明你出去过，怎么现在说什么都不知道了？他心里更起疑了，可又不知道该怎么问，只好推说自己要去找侄子，抬腿出了门。

老万在外面整整奔波了一天，晚上回到旅社的时候，看到李文生正独自在屋里喝着酒，他懒得和李文生说话，仰天往床上一躺，长吁短叹起来。原来，老万今天找到侄子办公室的时候，没想到正好碰到村长的儿子大宝从屋里出来，他心中一沉，当时就觉得不妙。果然，侄子死活不肯拿他的土特产，还劝他不要上告。老万一急，就把身上那一千块钱掏出来，却又被侄子毫不客气地挡了回来，显然，侄子是铁了心不帮自己。所以官司还没打，老万就觉得自己已经输了一大截。

李文生见老万这副灰头土脸的样子，不用问也猜得到他准是办事碰了钉子，就招呼说："大叔，先一起来喝杯酒，去去火吧？"

老万不理他，"呼"地从床上坐起来，从搁在床边的大提包里拽出一瓶老白干，张嘴就"咕嘟咕嘟"往肚子里倒。

李文生跳过去，一把抢下他手里的酒瓶子，劝他说："大叔，你不能这么喝！"

老万两眼发直，嘴里喃喃道："这官司没指望了，我是没脸回去见老婆孩子呀！"

李文生听得此话，突然一仰脖子，把从老万手里抢下的老白干往自己嘴里灌："你虽说没脸见老婆孩子，可你还能回去和她们过日子，而我呢，我是连见也不敢回去见她们呀……

老万一怔，瞅着对方："你……这话怎讲？"

却见李文生顿时脸色一变,神色慌张起来。其实,刚才李文生是被老万的遭遇触动心怀,加上已经喝了一点酒,口没把住,漏说了一句,所以说完就后悔了,现在被老万一追问,连忙掩饰道:“没事,我瞎说的。”

老万立刻想到李文生昨夜的奇怪举动,忍不住试探着问:“你……是有什么事躲出来的?”

李文生的脸白了,“霍”地站起来。

老万忙说:“别紧张,你若真有什么苦衷,说出来,我不会害你。”

李文生这才神色稍缓。过了好一会儿,说:“你猜得不错,我是跑出来躲官司的。我原来是个会计,只因一时鬼迷心窍,贪了公家一笔钱,事发后就逃出来了,想等风声过了再回去。”

老万问:“你拿了公家多少钱?”

李文生说:“万把元。”

老万一拍大腿:“你糊涂呀,为了万把元的钱就连前途都不要了? 你躲能躲到几时? 我看你年纪又不大,难道一辈子扔下父母孩子不管了?”

李文生低下头,声音又愧疚又懊悔:“唉,我最对不起的就是父母和孩子了,我没有一天不想他们,可连一个电话都不敢往家里打。”

老万听着这番话,不由替他着急。老万也有儿子,他太知道为人父母的感觉了,俗话说,儿行千里母担忧,老万的儿子出门打工一年多,音讯全无,老万跟老伴每天都寝食难安,提心吊胆。将心比心,现在李文生的父母在家里肯定不知为他担心成什么样子了呢! 老万当即劝道:“那你还不赶快去自首?”

“我不敢呀!”李文生哭丧着脸说,“我不想坐牢。”

“糊涂!”老万朝他大吼一声,“你回去好好认罪,赶紧把钱凑够了退回去,就是坐几年牢,也比在外面像老鼠一样躲来躲去的好呀！”

见李文生迟迟疑疑、难决难舍的样子，老万急了，他突然想起今天送礼没有送出去的一千块钱，自己的官司只怕也没什么希望了，他略一犹豫，就伸手从裤腰里摸出那卷钱，朝李文生手里一塞，说：“没有证人，也没有人为我撑腰，我这官司打来打去恐怕只是个输，干脆我也不打了，只当这一千块钱已经送了礼，你拿着，少是少了点，可多少也能帮你补补窟窿。你快把钱还上，也好回去见你的家人……”

李文生愣住了，他无论如何想不到这个跟自己萍水相逢的农民大叔，竟然会如此慷慨地把这么一笔东拼西凑借来的钱倾囊给了自己！李文生眼睛红了，哽咽着说：“大叔，你……”

老万拍拍他的肩：“你不是说咱俩有缘嘛！行了，无事一身轻，我现在要回家了。”他边说边就收拾提包要走。

这时候，李文生仿佛下了好大决心似的，叫住了他：“大叔，你先别走！”

老万一怔：“什么事？”

李文生把手里的一千元钱还给他，说：“大叔，依我看，你的官司不一定会输。你如果信得过我，我给你介绍个人，你去找他，也不用送礼，把你的冤屈跟他实话实说，他一定会秉公处理的。”

老万简直不敢相信会有这么好的事情，刚想张嘴说什么，李文生已经“刷刷刷”写好了一张纸条。他把纸条交给老万：“这个人的名字和地址我都写在上面了，你把纸条交给他就行。不过你今天不能去，明天再去。”

老万自然点头，又好奇地问了句：“他是你亲戚？”

李文生摇摇头：“是我读书时的一个同学，姓‘赵’，现在在法院当副院长。”

老万一听，喜出望外，搓着手不知如何感谢才好，想了半天，说:“那我去买点酒来,今晚上咱们好好喝一回?”

李文生说:“行,你快去快回,喝了这杯酒,我也要回老家了,我听你的话,去自首。”

老万高兴地咧嘴直笑:“这就对了嘛!你等着,我去去就来。”

可是,等老万买了酒回来,李文生已经没了人影。当夜无话。第二天一早,老万拿着李文生给他写的条找到了法院,他把纸条交给赵副院长,说明自己的来意。谁知赵副院长刚把纸条展开,立刻就触电般地跳起来:“他人呢?”

老万说:“昨天已经走了,他说要回老家去。”

赵副院长让老万稍等会儿,然后就急匆匆地出去了,像是去处理什么事情,过了很久才回来。他进门就问老万:“你和他是怎么认识的?”

老万把经过说了一遍,末了,不放心地问:“赵副院长,你说我这官司能赢吗?”

赵副院长若有所思道:“你放心,既然刘涛不惜暴露自己的行踪让你来找我,这个案子我一定会亲自过问到底的。”

老万奇怪了:“刘涛是哪个?”

赵副院长说:“就是你说的那个李文生呀!你大概不会想到吧,他其实是一个在逃的犯罪嫌疑人,他知道我得到他的消息后一定会去抓他,所以故意让你今天才来找我。”

老万不相信:“我知道他是犯事儿躲官司出来的,他自己对我说了。不过,他说他现在是要回家去自首的。”

赵副院长一怔:“自首?不可能!这些日子我们一直在创造各种机会,想让他投案自首,可是他根本不考虑。”赵副院长告诉老万,“刚才我已经把他的行踪报告上级部门了,估计很快就会将他逮捕归案。”

果然两天之后,老万就得到了刘涛被逮捕归案的消息;也直到这个时候，老万才知道，刘涛其实根本就不是他自己说的什么会计，而是一个在逃的贪官。

老万第二次坐车进城，是专门到看守所去看刘涛的，他要还刘涛五千元钱，那是他回去后在提包里发现的，肯定是刘涛当初趁他去买酒的时候悄悄塞在他包里的。可刘涛不愿见老万，还说根本不认识老万，更不承认给过老万什么钱。没办法，老万只好把钱交给看守所的领导。

一个看守对老万说，这钱其实都是刘涛的赃款，是要上缴国库的。老万点点头："我知道，我知道，但这钱上缴了之后，能不能帮他减点儿罪？"

看守笑了："老人家，你真是天真啊！"

老万不解。

看守说："你知不知道他犯罪的数额有多大？说出来吓死你！"

从看守所出来，老万哭了……

（黄　胜）

（**题图**：谭海彦）

法 苑 情 深

感人肺腑的人类善良的暖流，能医治心灵和肉体的创伤。

无法寄出的月饼

市里召开宣判大会，要处决六个犯人。临刑的前一天，狱警老刘挨个去询问他们，明天早上想吃点什么。这是一种不成文的惯例，在即将告别人世之际，他们想吃什么，监狱将尽量满足他们。每个人都提出了自己想要吃的东西，除了一个流氓团伙老大想吃穿山甲不能考虑以外，别的都一一照办。

随后，老刘又询问他们有没有什么话要留给亲人。前面五个都没有留下什么话，问到最后一个叫洪强的犯人，他说："有。"

这个洪强是以故意杀人罪被判处死刑的。他所在的工厂老板拖欠工人工资有好几个月了，他和几个工友去找老板要钱，老板正在陪客人吃饭，老板说："现在没钱！"十分不耐烦地挥手撵他们走。洪强问他："那你到底什么时候给？"老板说："什么时候有钱就什么时候给。”这话说了等于没说,洪强看看老板那副蛮不讲理的样子,又看看满满一桌的名贵菜肴和酒水,真是气不打一处来,他上去一拍桌子,大声说:“你知不知道,我们连吃白饭咸菜的钱都没有了!你再不给钱,你今天这餐饭也别吃!”老板一听,“霍”地站起来,手指差点儿就戳到了洪强的眉心:“你个臭小子!你想造反吗?想杀人吗?”洪强被他激怒了,随手从桌上抄起一把餐刀,刀尖直抵他的胸口:“你以为我不敢吗?”老板拍着胸脯说:“有种你就往这里捅!”事后据洪强自己交代,他当时只觉得脑袋“嗡”的一响,不知怎么手里的刀就捅了下去,而且还一连杀了好几个人……

老刘拿起笔来要记录洪强的留言,洪强说:“请你把纸和笔给我,我自己写。”老刘看到洪强拿笔的手在颤抖,字写得歪歪扭扭,写完了,又拿出一盒包装精美的月饼来,这是他昨天要的早餐。洪强打开月饼盒,里面四块月饼他一块也没吃,他把刚才写好的纸条放在月饼上面,然后盖上盒盖,对老刘说:“请你们把这盒月饼给我娘寄去。再过几天就是中秋了,我跟我娘说过,中秋节我要回去看她,给她带最好吃的月饼……”话还没有说完,两行泪水已经从他的脸上流了下来。

老刘心里很沉,接过他递来的月饼盒,对他说:“你放心,我们会把月饼给你娘寄去的。”

随着警车呼啸,洪强去了另一个世界。老刘平时看惯了生离死别的悲剧,心肠硬了,从不落泪,但是那天,当警车鸣着凄厉的笛声驶离监狱的时候,他捧着洪强留下的那盒月饼,伤心落泪了。因为洪强娘其实已经不在人世了,洪强要求别把他杀人的事告诉他娘,但这是不可能的,法院按规定通知了他的家人。他娘知道这件事之后,当时就气晕过去,送到医院不久就死了。为了减轻洪强离开人世前的痛苦,老刘没有把他娘的死讯告诉他。

月饼盒里,有洪强歪歪扭扭写的一行字:娘,我很好……

（廖　钧）（**题图:**王申生）

小站来了个乞丐

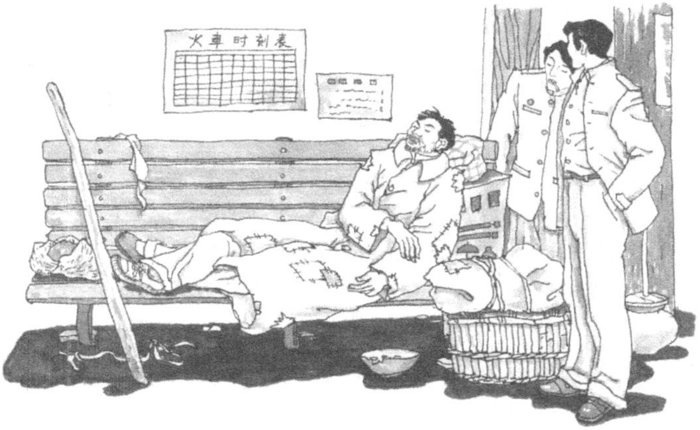

张村站地处大山深处，是铁路上一个不起眼的四等小站，连站长王大彪在内一共只有 15 名职工。这里离城市远，虽然每天有十几趟列车经过，可只有一趟慢车在这儿停一分钟。

大年初五一大早，就有人“砰砰砰”擂站长王大彪家的门。王大彪昨天值夜班还没起床，就气鼓鼓地问：“哪个？我又不是新郎官，闹什么洞房嘛！”

门外，小刘急急地说：“王站，站里来了个要饭的。”

“什么，来了个要饭的？打发走不就得了。”

“可他不走。”

“不走，那就让他在那儿待着。”

“哎哟，站长，下午局领导不是要来站里给咱们拜年来吗？”

这话一下子让王大彪跳了起来：是呀，初五分局领导到站里给职工拜年，这已经是多少年的惯例了，怎么自己差点忘了？领导来拜年，却有个乞丐在场，那多添堵？王大彪急忙抹了把脸，随小刘直奔车站。

小站就是小，候车室才十几平米，平时没有什么旅客，基本不开，今天是为了迎接领导，打扫打扫才开的门，谁知刚开门，就蹿进个老乞丐，往椅子上一躺就不肯起来了。王大彪一掀门帘，就闻到一股酸臭味，冲进去一看，老乞丐正在椅子上“呼呼”大睡着，佝偻个身子，左脚一只黑布鞋，右脚一只白球鞋，一身灰不溜秋的破烂衣服发着亮光。

王大彪走上去摇摇那人：“老乡，醒醒，这儿是车站，不是你睡觉的地方，起来起来！”

只见那乞丐转了个身，将一张多少天没洗的脸对着王大彪，他微微睁开一双小眼，用手揉了揉，低低地说了句：“我困，我饿。”就又闭上了眼睛。

就这一对眼，王大彪打了个激灵，他撩开那乞丐乱草一样的头发，细细地打量他，然后摇摇头，转身问小刘：“现在有洗澡水吗？”

“有啊，刚刚烧好的。”

王大彪对着那乞丐说：“伙计，我背你去洗个澡。”说着就身子一蹲，一下子将那乞丐背了起来。他一边背着乞丐往职工浴室走，一边吩咐小刘：“去，让你嫂子找几件我的衣服来！”

小刘对站长的举动丈二和尚摸不着头脑，又不敢多问，所以往王大彪家去替那乞丐拿衣服的路上，他遇到一个人就说一遍这件怪事儿。到了王大彪家，小刘更是一二三四五地将刚刚发生的事儿详详细细地学说了一遍，说得王大彪媳妇也如堕五里雾中。

话分两头。王大彪将那老乞丐背到浴室，亲自为他洗啊搓啊，足足搓下三斤泥。洗完了，王大彪让老乞丐换上小刘从他家拿来的衣服，嘿，真是人配衣服马配鞍，这一换装，老乞丐像是变了个人。随后，王大彪就把老乞丐领到自己家里，让媳妇摆上好酒好菜，让他放开肚子吃。

站里除了值班的，听说了这件事都拥到王大彪家来看稀罕。那老乞丐也真是饿了，对着满桌饭菜就像饿虎扑食一样狼吞虎咽，直噎得翻白眼。半个钟点后，老乞丐吃饱了喝足了，打了个饱嗝，对王大彪作了个揖，说："好人，谢谢了！"然后就要走。

"慢！"王大彪喊道，"我这儿有份东西，你不想看看吗？"

没待老乞丐说话，王大彪已经把一份通报摆到了桌子上，众人一瞧，原来是半年前省里发出的对贪污嫌疑人关学明的通缉令。

围观的人群中有人惊叫："这老乞丐原来是……"

王大彪一字一顿地说："去自首吧！"

可那老乞丐却面不改色，微微合上眼，又说了一遍："谢谢你的招待，日后相报！"说罢，抬腿就要走。

王大彪"呼"地站起来，拦在老乞丐的面前："你听我说一个故事，再走不迟。"

老乞丐看看前后左右，都是人，强走怕是不行，就只好坐下，闭上眼睛，听王大彪说故事。

王大彪清了清嗓子，说："20年前，有一个人刑满释放，可他出狱后到处遭白眼，找不到工作。绝望之际，他决定再次铤而走险，去抢银行。但当时他已经饿了几天，没劲儿了，他要先吃顿饱饭再行动。他来到一家饭店，求老板赏他点饭吃，老板不干。这时，一个正在独自吃饭的男人叫住了他，请他一起吃，还让他喝了点酒。边吃边聊中，他就对这个男人说出了自己的打算。那男人一惊，劝他说：'世上没有绝人的路，只有自己绝自己，自己站不起来，谁扶也没用。'不知怎么，男人的话顿时就打消了他要抢银行的念头，后来他随那男人到了铁路上，在货场扛大包，用自己的双手挣到了平生第一笔钱。再后来，他被铁路招了去，成了一名铁路职工。20年了，他后来才知道，那个男人原来是铁路局里的一个处长，他的名字叫关学明。”

王大彪说到这里停住了，他看了一眼那老乞丐，老乞丐却无动于衷。

王大彪重重地叹了口气，对老乞丐说：“关处长，你虽然认不出我了，可我却一眼就认出了你。我知道你因为贪污而在逃已经整整两年了，可没想到能在这里遇上你。你是我的恩人，没有你，我可能早被枪毙了，所以现在我也想对你说一句：法网恢恢，疏而不漏。你这样人不人、鬼不鬼的，逃到哪里是个头啊？你去自首，不管判多少年也总有个盼头。人生路上跌倒了不怕，爬起来还是条汉子……”

王大彪的话还没有说完，人们就看到两行泪水从老乞丐，不，从关学明的脸上流了下来。屋子里静极了，静得都能听到针掉到地上的声音。不知过了多长时间，关学明睁开了眼睛，他看了看王大彪，这个20年前他曾经帮助过的人，张开嘴，问了一声：“有手机吗？”

王大彪立刻把自己的手机递上。关学明颤抖地摁了几个键，然后平静地说：“反贪局吗？我是关学明，我自首……”

屋外，突然传来热烈的鞭炮声！

啊，大年破五啦！

（范大宇）

（**题图**：俞跃庭）

逃　　犯

今年的雨季来得早，刚入夏，就连日暴雨。这天中午，好不容易雨停了，据天气预报说，明后天还会有大雨，老李趁这个空当，赶紧下山到镇上买米买面做储备。

采购好东西后，老李拐进街口郭瘸子的修车铺，想听听这几天镇上有什么新鲜事。老李一个人住在山上，平时很少与山下的村民交往，与世隔绝了一般，而郭瘸子是镇上的百事通。

果然，一见老李，郭瘸子就迫不及待告诉他一个特大新闻："知道不，北山看守所前天跑了好几个犯人。"老李吃了一惊，心想：这还了得，多少年都没听说越狱的事了，那些看守都是白吃干饭的？他们手里又不是没枪，咋能让犯人从鼻子底下溜了呢？

郭瘸子告诉老李，不怪看守，就怪这场雨。前天半夜时分，山洪引发泥石流，冲垮了看守所靠山的一段围墙，连带着冲倒了几间监舍，那几个犯人就趁乱跑了，听说里面还有个杀人犯。公安局已经发了通知，要老百姓注意安全，看到可疑的人马上报警。老李担忧地说："他们会不会逃到山上来？"郭瘸子见他忧心忡忡的样子，"呵呵"笑着说："伙计，你尽管放心大胆地回去吧，听说他们逃出来后就劫了一辆车，现在早跑出几百上千里地去了。你想呀，谁还会在这里穿着囚服等着让人抓？"两人闲扯了几句，老李见天阴上来了，赶紧起身告辞。

坡陡路滑，老李背着米袋，走走歇歇，费了半天劲才回到自己半山腰的家。刚到家门口，雨又"稀里哗啦"下了起来，老李暗自庆幸，赶紧开锁进屋，他没有注意到，在右侧窗台上，有两个泥迹斑斑的脚印，还没等他放下粮袋，他身后的房门忽然"吱呀"一声自己关上了。老李心里一紧，就觉得后脊梁一阵发冷，转过身，骇然发现面前站着个陌生人，浑身上下全是泥水，胳膊上、脸上到处是擦伤、划伤的痕迹，胡子拉碴，眼睛里闪着凶光，死死盯着老李。老李不由打了个寒噤，脑海中倏地蹦出两个字：逃犯！

"呼哧——呼哧"逃犯粗重的喘息声清晰可闻，老李紧张，那逃犯似乎比他还要紧张，藏在身后的一只手一直在发抖。但这只发抖的手里捏的是一把菜刀，菜刀从他屁股后露出来，被老李看到了。老李吓得一动不敢动，心里"突突"乱跳，他知道，这种逃犯都是亡命之徒，他们什么事情都能做出来，现在千万不能刺激对方，否则后果不堪设想。

老李强笑着开口道："小伙子，你是上山迷路了吧？"逃犯不说话，眼睛盯着老李，神情依然紧张无比。老李没有得到对方的回应，想了想，干脆打开天窗说亮话："你虽然脱了囚服，可我知道，你一定是昨晚上从看守所里逃出来的犯人。"逃犯一哆嗦，"刷"把菜刀从身后亮了出来，威胁道："是又怎么样？"

老李吓得后退两步，赔着笑脸小心翼翼地说："你别冲动，我这个人不喜欢多事，否则也不会一个人在山上待着。你放心，我不会报警，也不会反抗，就我这副身板儿，十个绑一块儿也不是你对手。"老李这话出口，逃犯脸上的神色稍微缓和了一点。

老李看着逃犯的眼睛，试探着问："你饿了吧？我先给你弄点吃的怎么样？"逃犯眼睛一亮，点点头，老李于是松了口气，便立刻点火烧饭，在灶上忙起来，他希望逃犯吃了饭快点离开。老李心里还暗暗打定主意，逃犯走之前一定要叮嘱他，若是重新被警察抓去，千万不要交代在这里吃过饭，老李可不想多事。

就在老李忙上忙下的时候，逃犯自己端了个小凳子在门口坐了下来，他一直菜刀不离手地监视着老李。为了缓和气氛，老李故意和他拉扯，问他："听说你们不是劫了一辆车吗？你怎么不跟他们一起逃？"逃犯说："我不想逃。"老李奇怪了：你都逃出来了，咋还说不想逃？他要套逃犯的心里话，就故意说："你应该逃得越远越好，自由多好啊！"没想到，逃犯眼睛里突然涌出了泪水，朝他喊起来："告诉你，我不是逃，我不是为了自由。我出来只是为了弄笔钱给我奶奶，她七十多岁了，没有钱，一个人怎么过呀？"说这番话的时候，他刚才的凶狠之态尽去。

老李倒有些不知所措起来，逃犯很年轻，也就二十刚出头的样子，满脸稚气，哭起来的样子分明还是个孩子。老李起了恻隐之心，轻声问道："你犯的是什么罪？"逃犯抹一把脸上的泪水，气昂昂地说："杀人罪！"老李吓了一跳，要不是对方亲口说出来，看他年纪轻轻的样子，怎么也不会与杀人犯联系起来。一时间，老李又紧张起来。

逃犯见老李不说话，就说："你不要怕，我不会再杀人了。我奶奶信佛，从小不让我杀生，你信不信，我长这么大，连鸡鸭都没有杀过。"老李嘴上不敢说，心里却在想：还说鸡鸭不杀，可你都敢杀人啊！逃犯看出老李的心思，咬牙切齿地说："那人该死！"老李一震，看逃犯这会儿满眼的凶光，他不想再激怒他，于是就没再吱声。

一会儿,老李将饭菜端上了桌。逃犯早饿坏了,捧起碗就往嘴里扒饭,菜刀早扔在了一边,老李看着他狼吞虎咽的吃相,不觉想起了自己的儿子。逃犯一抬头,见老李目不转睛地瞅着自己,竟羞赧地报以一笑,与刚才简直判若两人。老李实在不明白:分明才是个孩子嘛,怎么会杀人呢?

只见逃犯吃饱后,抹抹嘴,四下瞅了瞅,看见屋角有条绳子,过去取过来,对老李说:"大叔,对不起,我要把你捆起来。"老李朝他摆摆手,说:"你吃饱了就赶快走吧,再不走,警察来了就走不了啦!你放心,你走了我也不报警。"可逃犯却没有走的意思,他很得意地说:"我们驾车逃出很远以后弃车分头逃,只有我一个人掉头折回来了,现在警察们都往远处追,绝对不会想到我还会回来。"说着,他不由分说把老李像捆粽子似的捆起来,然后拖到床上,随后他自己也在老李身边躺下了。老李不由心里暗暗叫苦:对方待的时间越长,自己危险就越大;像他这种逃犯,被警察抓住是迟早的事,一旦抓到,只怕自己也会被纠缠进去。不行,一定得想办法让他离开。

老李想了想,柔声问他:"小伙子,能不能告诉我,你把谁给杀了?"逃犯脖子一挺,理直气壮地说:"有什么不能说的!我为我媳妇报仇雪恨,就是见了阎王老子我也敢说……"原来,逃犯从小父母双亡,是奶奶历尽千辛万苦把他拉扯大,去年还为他娶上了个俊俏的媳妇。本以为一家人从此可以过上好日子,没想婚后不久,趁他外出打工的时候,恶霸村长将他的新媳妇糟蹋了。新媳妇不堪屈辱,一根麻绳将自己吊死在村长的门檐下;奶奶一气之下就此卧床不起。逃犯得到消息后赶回家,先是告状,因为没有证据,村长被派出所抓去的当天就又放了出来,照样在村子里神气活现。逃犯哪里忍得下这口气,悲愤之下冲到村长家里,一连朝他身上扎了十几刀,而后便自己奔派出所投案……

逃犯说："杀了这个王八蛋，我一点不后悔，杀人偿命，没什么说的。我担心的只是我奶奶，她今年七十二岁了，往后的日子，她一个人怎么过……"逃犯说到这里长长地叹了口气。老李听了半晌无语，思量了半天，劝他道："你杀死恶霸村长，确实事出有因，很可能最后不判你死刑，可你一逃狱，问题就严重了，只怕要罪加一等，那就是死罪了。法律上的条文，我虽然不懂，可我吃的饭总比你多吧？依我看，你还是去自首，这样兴许还能保住性命。"其实，老李心里还想着另一层意思，只是没说出来罢了。他觉着，只有劝逃犯马上去投案自首，警察就有可能不会细细追查他这两天到过的每一个地方，只要逃犯不说，自己就不会受牵连。

但是逃犯坚决地摇头，说："我不会去自首。我出事后，全村人都联名上书求法院轻判我，可你想，再怎么轻判，我都是在牢里，奶奶没有我照顾，怎么办？我想过了，我一定要为奶奶弄一笔钱，让她以后的日子好过些。"老李一听逃犯说要去弄钱，愣了，劝他说："你一个逃犯，怎么弄钱？去偷去抢？若是被抓住了，赃款还不是要被没收？你奶奶照样没钱。"逃犯看了老李一眼，说："弄钱的主意其实我早就有了，只是缺一个信得过的人帮忙。"

他沉默了一会儿，突然起身跳下床，将老李身上绑着的绳子松开，然后"扑通"跪在地上，冲着老李磕了三个响头，说："大叔，我看出你是个好人，求你帮帮我吧！"老李慌了，问："你要我怎么帮你？"逃犯说："等躲过这几天，你把我绑起来送到公安局去，就说你把我抓起来了。"老李吃不准逃犯说这番话是什么意思，难道是在试探自己？他赶紧表白："你放心，你是个孝顺孩子，我不会去报告的。"可逃犯却说："你一定要这样干。像我这种杀人重犯，警方这几天抓不住我，就一定会悬赏，你把我送去，你就会得到奖励，我求你把这笔钱给我奶奶……"

老李这才明白逃犯要自己帮什么样的忙，他心里感慨万分。呆了半晌，他问："要是警方不悬赏怎么办？"逃犯天真地说："那也有见义勇为奖金呀。"看着逃犯满含期待的眼神，老李的心中好像忽然被锤子重重地敲了一下，震荡不已：他的想法虽然幼稚，可做出这样的选择，也同样需要勇气和决心呀！不过，在权衡了利弊之后，为了不引火烧身，老李还是决定继续劝对方去自首："小伙子，其实你完全想错了，你设想一下，如果按你说的做，你回去之后肯定要被判死刑，你奶奶没有了你，她还能活下去吗？你是她的全部指望呀！我敢断言，没有了你，即使有再多的钱，她的晚年也是生不如死。只有你，她的孙子，依然能在世上活下去，才是她现在最大的心愿。"

逃犯听了老李这番话，立刻呆傻了，他只是一心想着为奶奶弄钱，却从来没有从这个角度去替奶奶想过。他顿时如醍醐灌顶，跳起来惶然道："你说得对，我奶奶如果知道我逃出来，现在肯定为我担心死了。"他"扑通"一声猛地跪在地上，冲家乡的方向一个劲儿地磕头："奶奶，我自首去，我马上就自首去。"随后，他站起来冲老李鞠了一躬，感激地说："大叔，谢谢你提醒我，我这就自首去，我不要再让奶奶为我担惊受怕。"说完，他转身就走。

此时，外面电闪雷鸣，雨下得很大，逃犯一头扎进了风雨之中。老李立在门边，逃犯终于走了，他应该感到轻松，可是他的心却异常沉重，他的耳边反复响着逃犯出门前说的那句话，"我不要再让奶奶为我担惊受怕"，一时竟痴了，恍惚间，父母妻儿，一张张面孔在眼前迭现。不知是泪水还是雨水，他的眼前模糊一片，嘴里喃喃道："我的亲人，你们在为我担心吗？"

十几天后，老李下山了，返城之前，他到看守所去看望那个曾经的逃犯。年轻的犯人精神很亢奋，他握着老李的手，喜滋滋地说："我见到我奶奶了，政府特意把我奶奶接来看我。奶奶说我做得对，还说她一定好好活着，等我回去。”

不知怎么，老李的眼眶突然有点潮，他对年轻的犯人说：“我今天下山了，是回去自首，去承担我应该承担的责任。”年轻的犯人大吃一惊，瞪大眼睛迷惑不解地看着老李。老李苦涩地笑了笑，说：“因为……我也是一个逃犯，一个贪污犯。”他的眼睛里终于闪出了泪花，“这些年我天天提心吊胆，而我的老父老母，我的妻子儿女，也一定日日在为我牵肠挂肚、不得安宁，我要像你一样，不能再让家人为我担心了。”

（黄　胜）

（**题图**：黄全昌）

报答妈妈

这天黄昏，在街上摆烤红薯摊儿的秦大娘收摊回家，经过一家饭店门口时，忽然看见有个人从店堂里跌出来，正好撞在她的烤炉推车上。秦大娘吓了一跳，赶快伸手去扶他，定睛一看，才发现这人是个乞丐。再一问，原来他刚才在店堂里抢人家吃剩下的面汤喝，被店老板揪住暴打一顿，被赶了出来。

秦大娘看这个乞丐不但穿得又破又脏，黑黑的脸上还有一块大大的疤痕，哆嗦着身子，喉咙里喘着粗气，不由顿生恻隐之心。秦大娘向来心软，看不得别人受苦，于是连忙把烤炉里卖剩下的两只小红薯掏出来给他。那乞丐接过红薯，三口两口就把它们吞进了肚里，然后两只眼睛还死死盯着烤炉不肯移开。

秦大娘忍不住叹了口气，说："没吃饱吧？你要不嫌，我家离这里不远，好东西没有，红薯尽你吃，不如你跟我回去，吃饱了肚子才走得动路。”

那乞丐听了秦大娘的话，原本浑浊的眼睛突然一亮，他接过秦大娘手里的烤炉推车，一面向秦大娘连声说“谢”，一面就让秦大娘头里走着，自己推着车紧跟在后。秦大娘听他说话的声音好像很年轻，分明还是个小伙子嘛，于是心里便越发同情起他来。

小伙子告诉秦大娘，他叫莫光军，今年 28 岁，一年前在老家村里的一次火灾中失去了所有的亲人，自己也被烧成这个样子，本来想出来打工挣钱养活自己，没想就因为这张脸，到处都不受欢迎，什么工作也找不到。他说，现在就想好好吃顿饱饭，然后死了算了。

秦大娘听小伙子年纪轻轻竟说出这种话来，心里一个“咯噔”，连忙安慰他说：“别傻了，天无绝人之路，你年纪还轻，可不能这么看不开啊！”

一路说着走着，秦大娘的家就到了。说是个家，其实也就是一个低矮破旧的木棚子，里面被隔成两间，一间住人，另一间堆着杂七杂八的东西。

莫光军伸头一看，这叫什么东西啊，不都是从街上捡来的一堆废品垃圾吗？秦大娘解释说：“我和老头子都一把年纪了，可活一天总得吃一天吧，我们能干什么，于是我就天天卖烤红薯，老头子就天天去捡垃圾卖。不瞒你说，我们有个儿子，年纪和你差不多，可儿子不争气，居然跟着一帮不三不四的人去卖毒品，要不是我们硬逼着他去自首，起码还要被多关几年。为了让他能安心在里面改造，我和老头子特地从老家出来，租了这个棚子住，日子苦点不怕，住在一个城里，总还可以常去看看他，劝劝他……”

秦大娘正说着，只听“吱呀”一声，木棚的门被推开了，秦大爷扛着一大包废品垃圾走进来。秦大娘把莫光军的身世给秦大爷一说,秦大爷就不住地点头:“你要不嫌,我给你把这放垃圾的地方拾掇拾掇,总比你睡街上强。”

莫光军顿时感动得泪水都流下来了,他不相信地揉揉自己的眼睛:今天是什么日子啊?出来流浪一年了,自己什么样的白眼没挨过?什么样的恶语没听过?什么样的苦没吃过?能够碰上这么一对善良的老人,老天开眼啊!

这时,秦大娘端出一大碗红薯,把莫光军拉到桌子边坐下,说:“吃吧!要比起来,你可是比我儿子强多了呀,脸上有疤也不怕,只要自己肯做,不怕没饭吃。反正我们现在就两口子过日子,你也没了爹妈,要觉得孤单,就把我们当亲人吧!”

“妈——”莫光军忍不住抱住秦大娘,失声痛哭起来。

从第二天开始,莫光军就每天早上先帮着秦大娘把烤炉车推到闹市街口,然后自己上街捡垃圾,他让秦大爷留在家里,把捡来的垃圾分门别类整理好,然后他们再一起卖到废品回收站去,傍晚时候,他再去把秦大娘接回来。风雨无阻,天天如此,三个人真就像一家人一样,相处得十分和睦。

这天晚上吃罢晚饭,莫光军突然说要出去一会儿。过了大约一个时辰,他从外面回来,恭恭敬敬地给秦大娘和秦大爷鞠了一个躬,随后递给秦大娘一条漂亮的围巾,递给秦大爷一双结实的布鞋。

莫光军对两个老人说:“我已经好久好久不知道什么叫‘家’了,谢谢你们又重新给了我一个新家……”说到这里,莫光军的眼泪流下来了,猛转身冲进了里屋。

看着莫光军的背影,秦大娘和秦大爷想想他这么年轻又这么坎坷的命运,也唏嘘不已。秦大娘站起身,把围巾和布鞋放好,想进去再和莫光军说说话,难为了这小伙子的一片孝心,可突然看到从装布鞋的袋里掉出一张纸来,她奇怪地捡起来,拿给秦大爷看。

秦大爷才接过来，这纸上的三个字就把他吓了一大跳：通缉令！再看下去，上面明明白白地写着，被通缉的人叫龚辉，男性，28 岁，是个杀人犯，一年前潜逃，旁边还有照片。

老两口顿时惊得半天没缓过气来。为啥？因为照片上的人与莫光军非常相像。难道莫光军就是龚辉？是杀人犯？这些日子，他们一直和他在一个锅里吃饭，一个屋檐下睡觉，哪里看得出他有半点凶相？

秦大爷压低声音对秦大娘说："这事可含糊不得，咱们得把他喊起来问问，或许是我们想错了，要不他怎么还会把这号东西拿回来？"

"对呀！"秦大娘点头应道，"真要是他，他早把这撕了，这种事可不能乱猜，咱是得问问清楚。"

老两口于是推开里屋的门，只见莫光军已经在床上睡下了。秦大娘走过去，轻轻推了推他："光军，光军，你醒醒。"

莫光军身子一动，睁开眼睛，问："妈，什么事？"

秦大娘说："光军，你实话跟妈说，你原来是不是叫龚辉？"

"龚辉？"莫光军"噌"的从床上坐起来，吃惊地看看秦大娘，又看看秦大爷，"你们……你们怎么会知道的？"

"那……这个杀人犯真就是你了？"秦大爷"呼"地把原来藏在身后的通缉令举到莫光军面前，指着上面的照片问，"你叫龚辉？你杀过人？你……你一直在骗我们？"

龚辉低着头，喃喃道："我……你们从哪儿弄来的这东西？其实，其实我真的不是故意要杀他，我……"

秦大娘的眼睛瞪得溜圆，颤抖着身子，对龚辉说："不管你当初为了什么杀人，你总是犯事儿了，去自首吧，像我儿子一样去自首，到里面去好好改造。你躲能躲到什么时候？就是躲过了初一，你还能躲得过十五？"

龚辉“腾”的站起身来，说：“不，我才不会去送死呢，我没那么傻！”他一边说一边就要往外走。

秦大娘扑上去，抱住他的腿喊道：“你不能走，只要去自首，政府一定会宽大你的！”

可是龚辉哪里听得进老人的劝告，突然露出一脸凶相，恶狠狠地警告说：“不许你去报警，否则我不会放过你们……”话音没落，他已经蹿出木棚没了踪影。

但几乎就在这时，一阵警笛声由远而近地响了起来，一辆接一辆的警车呼啸而来，警察迅速在这一带布下了天罗地网。原来，就在刚才秦大娘和龚辉对话的时候，秦大爷当机立断跑出木棚，到外面的小店里打了“110”。没多大会儿，龚辉就落网了，看到他被押上警车的背影，秦大娘心里真说不出是什么滋味。

第二天，公安局来给秦大娘和秦大爷送举报龚辉的见义勇为奖金，老两口看着这么多钱，惊得嘴巴都闭不拢。其实通缉令上是明明白白写着这一条奖励措施的，只不过他们看到的那张通缉令，正好在这里被撕了一个角，所以不知道罢了。

面对这一笔巨款，老两口怎么也不愿接受。警察说：“这是你们应该得到的奖励啊，见义勇为是我们应该提倡的社会公德，你们就不要推辞了。”

警察走了没多久，邮递员给老人送来一封信。不管是在老家还是在这地方，多少年了，除了左邻右舍，两个老人能有什么社会交往？从来就没有邮递员上门过啊！秦大爷惊讶地接过信来，打开一看，落款是“龚辉”。

“龚辉？”秦大爷傻傻地愣在那里：龚辉不是已经被警察抓走了吗？按时间推算，这封信应该是他在被抓之前就寄出的。这到底是怎么回事？

秦大爷颤抖着手将信从头看来，一面看一面念给秦大娘听：“妈妈，我从小就没了父母，直到遇上了你们，才又感受到人世间亲情的温暖。我很想把自己过去的一切都向你们坦白出来,可是又害怕你们一旦知道了真相,会不会就不认我这个儿子了?我知道政府坦白从宽的政策,我多么想去自首,能以此来将功赎罪,争取减刑,以后出来好好孝敬你们,可是又怕没有这样的机会。其实我每天晚上都睡不着觉,想来想去,决定还是用这个办法引你们来举报我,这样你们就可以得到一笔见义勇为的奖金,这是通缉令上写得明明白白的,这张通缉令是我故意带回来的……"

"唉!"秦大娘听秦大爷读到这里,老泪纵横,她不由深深叹了口气,"这光军……不,这龚……龚辉,怎么能这么干啊?"

第二天,秦大娘和秦大爷就把这笔奖金送到了关押龚辉的监狱。老两口表示,这笔钱要用来给所有关在这里的犯法人员进行改造和教育。他们还让狱警给龚辉捎话:只要龚辉好好改造,他们一定会在那个木棚子里等着他回家。

(聂志红)

(**题图**:魏忠善)

法 治 天 下

正义和善良一定会战胜邪恶，这是永恒的、绝对的必然。如果美德得不到应有的奖励，人间的罪恶就会横行无忌，而受不到惩罚了。

王婆卖瓜

石桥村的王婆卖西瓜卖出了路径，她从村里卖到乡里，又从乡里卖到县城，后来见省城西瓜畅销，就瞄准了那里的大市场。

八月初六这天，太阳刚一出来，地上已经像着了火，王婆雇了春狗的小四轮去省城卖瓜。一路上，春狗恭维王婆说："王婆啊，你这市场经济学得不赖，西瓜卖进大都市，咱们石桥村坎子乡可是无人能比呀。"

王婆听了哈哈大笑："常言道，猪往前拱鸡往后刨。想赚钱，就得有绝招啊！"

春狗说："俺这小四轮已经过了报废期，拉完这趟瓜，俺可就要跟你学做生意啦。"

王婆点点头："行啊，你先做俺的干儿子，磕三个头叫声'干娘'，俺一招一招细细教你。"

春狗说："叫干娘不成问题，这磕头嘛，老封建，免了。这样吧，今天这趟运费俺分文不要，就陪你进城，陪你卖瓜，再陪你回来，这叫全程三陪服务。你把生意经传授给我，不算吃亏吧？"

王婆说："天机不可泄漏，现在还不能说。你睁大眼睛看着点，到时候自然知道。"

快到中午时，省城到了。王婆十二分的纳闷：往年贩运西瓜，一路上关卡重重，要遇到十六顶"大盖帽"，他们不是打白条，就是检查罚款、罚款检查，两百里路走下来，手中的纸条总是攒了一大扎。可今天真奇怪，竟然没见到查车的、收费的，那些大盖帽是开会去了，还是放假旅游去了？

王婆正想着，迎面过来一个年轻的交警，他很有礼貌地冲着外婆和春狗敬了个礼。

哪知警察一敬礼，突然"啪"的一声脆响，小四轮爆胎了，坐在西瓜堆上的王婆被震得差点摔下来。

她朝春狗嚷嚷起来："哎哟，你这小子，这四轮车肯定没交养路费！"

春狗脖子一挺，说："王婆，看你说的，不交养路费俺敢跑到省城来？"

王婆不饶他："那这小蚂蚱怎么这么怕警察？一见到大盖帽就爆胎了？"

春狗一听王婆在侃他，便打趣道："王婆，不怕你笑话，俺这小蚂蚱没见过世面，长这么大头一回进城，一见到大盖帽，就吓得直哆嗦。"

王婆笑了："你小子天生一张鹩哥嘴，王婆我卖西瓜怕大盖帽，你这小四轮也怕大盖帽？新鲜！"

春狗于是便借题发挥："大盖帽谁不怕？二癞子老婆怀孕六个月去城里，过马路不知道走人行道，一个大盖帽走过来朝她敬礼，好家伙，当场就把那娘们吓流产了。”

王婆听了哈哈大笑。

这时候，那个年轻的交警说话了：“大哥，那里有我们一个义务修车铺，我帮你去把车胎补好。大妈，您刚才坐在西瓜上，这可不安全，趁着我们修车的工夫，您到那遮阳伞下面去歇会儿。”

交警说完了，可王婆心里还在一愣一愣的。她想：今天这是怎么了？太阳打西边出来了？交警不罚款，还帮修车？还让我到遮阳伞下去歇歇？他们修车，俺不能闲着呀！于是，她便拉开架势，在十字路口吆喝起来：“卖瓜啦，新品种的航天西瓜！”

吆喝了一阵子，她看见有人驻足观望，就唱起了家乡的黄梅小调，别出心裁地宣传她的“航天西瓜”来：

过路各位看一看，
俺这西瓜非一般，
它的种子上过天，
坐的是“神舟五号”大飞船，
营养丰富又可口，
吃在嘴里透心甜，
降血压，降血糖，
延年益寿保健康，
能治癫痫疝气梦游症，
还有动脉硬化脂肪肝。
大姑娘吃了俺的瓜呀，
一天更比一天靓；
孕妇吃了俺的瓜呀，
胜过服了保胎丸；
学生们吃了俺的瓜呀，
北大清华争着抢；

公务员吃了俺的瓜呀，
前程似锦金灿灿……

交警帮春狗补好了车胎，看见王婆眉飞色舞地在十字路口唱着“卖瓜歌”，赶紧走过来说：“大妈，这里可不是卖瓜的地方啊，时候不早了，你们赶快进城吧。”说完，他还告诉春狗，这小四轮超过报废期三天了，按照规定是不能放行的，考虑到西瓜是新鲜货，耽误不得，就特殊情况特殊处理，但嘱咐他们一定要小心慢行。

春狗听了挺高兴，刚要发动四轮车，王婆不乐意了，她一把拦住交警，问道：“小同志，就这么让俺走了？不扣车？”

交警说：“不扣不扣，大妈，请上路吧。”

王婆得知交警不扣车，反而急了：“俺刚才坐在西瓜堆上，不符合交通规则，是不是？

交警说：“是啊。”

“这小四轮过了报废期了，对不对？”

“对啊。”

“那你为什么不罚俺们呢？求求你，把俺们扣留几天吧！”

春狗在旁边看不懂了，心想：稀奇稀奇真稀奇，这婆娘叫乱罚款罚出毛病来了，不罚心里不舒服呢。

只听交警对王婆说：“大妈呀，今年咱们省城专门为进城卖瓜的农民开辟了绿色通道，为瓜农解决实际问题是我们交通警察的职责，过去乱扣车、乱罚款的事情不会再发生了，您就放心地去卖瓜吧。”

“啊？这么说……你是真的不肯扣俺了？”王婆说这话的时候，像要哭了似的，她拉着交警说，“小同志，求求你了，你无论如何扣俺三天，要不俺可要告你去！”

交警大吃一惊：“什么？你要去告我？”

王婆显得有点激动:“就是要告你!你执行规章制度不严格,你工作失职……”

春狗一听王婆的话不对劲,在她前额上摸了一把:“王婆,你没发烧吧?人家给你开了绿灯,你还不快走?”

他又讨好地朝年轻的交警躬躬腰,说:“警察兄弟,这婆娘是被过去乱罚款吓的,你别跟她一般见识。来,大热天的,吃个西瓜解解渴。”说着,捧起车上一个大西瓜就递上去。

“大哥,我不渴……”交警连连摆手。

谁知他话没说完,王婆就一把把那大西瓜夺了过去:“不行,这瓜不能给!”

春狗生气了,冲着王婆吼道:“一个西瓜值多少钱?你怎么这么抠门?”

两人为了一只西瓜争吵起来,一个要给,一个不给,争抢之中,西瓜掉在地上,摔成了两半。王婆捡起摔破的西瓜,对交警说:“小同志,不是大妈小气,舍不得一个瓜。实话告诉你,这是一车生瓜!”

王婆不得不道出事情的真相:“俺往年贩运西瓜,一路上关卡多哩,检查、罚款,罚款、检查,交警还要把俺的车扣上几天。每次一车西瓜运到省城,早已经倒了瓤子,谁也不愿意买。今年俺得了教训,专门收购生瓜,算计着一路折腾进了省城,半生不熟的瓜刚好熟透。”

听到这里,交警问她:“这生西瓜不甜,咋办?”

王婆红着脸说:“俺这随身带的包里有个注射器,半路上我就不停地给西瓜注白糖水。可没想到今年运瓜一路绿灯,这么快就到了省城,这可把俺难坏了。没熟透的西瓜,卖不能卖,放又没地方放,所以俺才想要你扣俺几天。而且……而且,不瞒你说,扣留了,不但瓜有地方放,人还有地方吃住,等放行了,那生瓜也熟了……”

春狗没等王婆说完,就大声埋怨起来:“王婆,你让俺认你做干娘,原来就是要教俺这种招数啊?这算什么绝招?简直是昏招!臭招!糊涂招!”

“唉,难为情哟!”王婆有些无地自容,“这不都是过去乱罚款闹的嘛!将心比心,如今你们城里人对俺们乡下人这么好,为俺们瓜农专门开辟绿色通道,俺……唉,俺都做了些什么啊!小同志,你等着,俺要把这车注了糖水的瓜拉回去,运一车又大又甜的好西瓜来!对了,小同志,下回来,非得先让你尝尝。”

说罢,她一挥手,对春狗说:“干儿子,俺们打道回府!”

(黄廷洪)

(**题图:**张　恢)

为了丈夫的嘱托

自从丈夫刘军病逝后，秀秀就独自一人搬到山里的蘑菇场来住。

这天夜里，秀秀冒雨从山下的小镇赶回来。刚走到家门口，突然被什么东西绊了一下，等她从地上爬起时，才发现刚才绊倒她的竟然是一个昏迷不醒的男人。秀秀不禁愣了，费了很大一番劲，才把那个人弄进屋里。

那人大约二十三四岁，身上全是污泥和血迹，秀秀除了替他换上干净的衣服，还找出碎布帮他包扎伤口。天快亮的时候，那人终于从昏迷中睁开了双眼，秀秀端过一碗热粥，一勺一勺地喂他。

等把一碗粥喂完了，秀秀冷不丁地开口道："强子，你打算什么时候去投案自首?”

那人吓了一跳:“你……你怎么知道我是强子?”

秀秀不慌不忙地说:“城里到处都贴着抓你的通缉令,你长得跟你哥很像。”

这个名叫强子的年轻人,是秀秀从未谋面的小叔。秀秀的公公婆婆死得早,留下后来做了秀秀丈夫的刘军和强子兄弟俩。十年前,强子因用弹弓打伤他们班主任的眼睛,被刘军狠揍了一顿,后送医院检查,才发现强子的一条手臂骨折了。刘军很后悔自己的一时冲动,觉得下手太重,可他还来不及对强子说一句道歉的话,强子就从医院里偷偷逃走了,而且这一走,从此就再没露面……

秀秀对强子说:“你知道吗? 这十年来,你哥一直在苦苦寻找你的下落。后来他得了不治之症,临终前还拽住我的手说,唯一让他放心不下的就是你,如果有一天你回来了,他让我一定要想办法留住你,不然,他死也不会瞑目……”

说到这儿,秀秀泪流满面,强子张了张嘴,却什么也没说。秀秀擦去脸上的泪水,忧心忡忡地看了强子半天,叹了口气,说:“可是,强子,你现在虽然回来了,我又怎么留得住你呢?”

强子说:“嫂子,我这次回来,只想到我哥的坟前看看他,然后我会尽快离开这里。”

秀秀说:“我没有赶你的意思,我只不过是想让你去自首,争取从宽处理。”

强子紧张地摇头:“不,我再也不想坐牢了,就是死,我也要死在外面。”

秀秀一听,猛地站起身,说:“你不要想那么多,先留下来把伤养好,到时就算你硬要走,我也不会勉强你的。你哥临终前给你留下一封遗书,待会儿我就去拿来给你看。”

接下来的日子里,秀秀没有再提让强子去自首的事,她每天除了按时替强子换药外，还从山下弄来一大堆补品给他服用，在秀秀的精心照顾下，强子的健康状况明显好转起来。

这天夜里，秀秀忙完家务活，刚上床不久，就被门外一阵狗叫声惊醒，秀秀一惊，连忙披衣下床。走出房间，她看到强子手里拿着一把手枪，正趴在门缝上朝外窥视，秀秀似乎预感到要发生什么，二话没说，上去拽住强子的手就朝后院走。强子一愣，问她干什么，秀秀说："我不会让他们就这么把你抓走的。"秀秀的语气不容置疑，这令强子多少感到有些意外，同时也让他颇有些感动。

秀秀把强子领到后院，用力扒开角落里的一块青石板，立刻露出一个黑乎乎的洞口，秀秀拿来一捆绳子，迅速系好后，示意强子下到洞里躲起来。强子稍微犹豫了一下，结果还是顺从地抓住绳索滑下洞去。

这时候，传来一阵急促的敲门声，秀秀稳了一下情绪，然后上前去开门。来的是本地派出所的几名干警，他们问秀秀是否有强子的消息，如果知情不报，那就是犯了包庇罪。秀秀就向他们保证，如果强子回来，她一定举报。警察见没有情况，就告辞走了。

秀秀见警察走远了，就又悄悄来到后院，强子在洞下听见秀秀走近的声音，就知道自己已经脱离危险了。秀秀在洞边叹息一声，说："强子，我刚才是迫不得已才这么做的。假如我不及时把你弄进洞里，那你肯定会干出更加愚蠢的事来。我不想见到你杀人，也不想看见你被人杀。如果是那样的话，我就再也没机会救你了。"

强子说："嫂子，我不会杀人的，请你相信我。"

但这话秀秀不信。秀秀说："你不会杀人，为什么身上还带着枪？"

强子哑口无言了。

秀秀劝他:“强子,时间不多了,你赶快拿定主意,只有两条路,是让我陪你主动去投案自首,还是继续在犯罪的路上越滑越远?”

强子说:“嫂子,我听你的,你快放下绳子让我上去吧!”

秀秀说:“不,在你没有真正答应我之前,我是不会放你出来的。我已经想好了,既然你那么害怕坐牢,那我唯一能帮你的,就是把你藏起来,除非有一天你亲口告诉我,你宁愿去坐牢,也不愿呆在这暗无天日的洞底下,那我才有可能让你上来。”

强子突然冷笑道:“嫂子,你关不住我,我会想办法逃走的。”

秀秀哽咽道:“强子,别犯傻了! 你想一想,就算你真能从这里逃出去,今后东藏西躲的日子,跟你藏在洞里头有什么区别呢? 反正该说的我已经说完了,剩下的就是你自己做决定了。”说完,她头也不回地走了。

从那天起,秀秀就真的把强子关在洞里,除了一日三餐用竹篮子将吃的东西吊下去。一开始,强子还不当回事,心想:这种有吃有喝又不用干活的日子,上哪儿找去? 可随着时间一天天过去,他的情绪渐渐变得狂躁不安起来。这天,他对秀秀说,他实在忍受不了这种地狱般的生活了,如果再不放他走,那他还不如死了算了。秀秀冷笑道:“像你这种人,就是死在这里,也比放出去干伤天害理的事好。”

秀秀原以为强子只是在吓唬她,但没想到当天夜里就从洞里传出一声枪响,秀秀吓了一大跳,慌忙跑到洞口边,一连叫了十几声“强子”,可下面一点儿动静也没有。秀秀慌了,赶紧用绳子把自己绑了滑下洞去,用手电筒一照,发现强子一动不动地趴在地上,身边还掉着一把手枪。秀秀顿时“哇”地哭出声,扑过去抱住强子的头,摇晃着说:“强子,你怎么那么傻呀! 你死了,我可怎么向你哥交待啊!”话音未落,就听见强子在她怀里“扑哧”一声笑了起来。秀秀又惊又怕,猛地一把推开他:“你竟敢骗我?”强子嬉皮笑脸地说:“不骗你,你会下来吗?”

强子终于从洞里爬了上来,他转身就朝大门外走去。可是没走多远,突然又返了回来,此时,秀秀正在房间里暗自抹泪。

看到强子又回来了,秀秀惊喜地问道:“你……不走了?”

强子走近她,突然握住她的手说:“嫂子,我不能丢下你一个人不管,我要你跟我一块走!”

秀秀一愣:“你想把我带哪儿去?”

强子说:“去哪儿都行,外面的世界大得很,谁也休想抓住我们。嫂子,只要你答应跟我走,今后我一定会好好报答你,我有钱,有很多很多的钱。”

秀秀摇摇头:“不,我不能跟你走。”

强子急了:“这是我哥临终前的遗愿。”

秀秀惊呆了:“你说什么?”

强子低下头,说:“我哥在信里说,如果有一天我回来了,他最希望看到的,就是我能和嫂子重新组成一个新家。他还说,如果我这辈子不好好待你,他就是做鬼也不会饶我。”

“他……他真是这么对你说的?”

强子从贴身的口袋里掏出一封信,递给秀秀,说:“不信,你自己看。”

秀秀颤抖着手接过信,看完后不禁长叹一声,手中的信随之飘落到地上。她缓缓抬起头,说:“强子,其实,你哥知道你在外面都干了些什么,这也是他要我一定要留住你的真正原因。前几天,我去找律师问过你的事。律师说,像你这种情况,如果能主动投案,把你干过的坏事都说清楚,把抢得的钱全部交出来,不但不会丢命,说不定……说不定刑期也许不会很长。强子,你放心,只要你去投案,不管今后你坐多久的牢,我一定等你出来。我说话算话!要不,要不……我现在就把自己给你。”说着,秀秀就开始一件件脱自己身上的衣服……

强子突然眼眶里涌满了泪水，他蓦地跪倒在地，抱住秀秀的腿说："嫂子，从来也没有人像你对我这么好，我……我答应你，明天天一亮，我就去自首！"

秀秀一听他这句话，心里的石头落了地，她紧紧搂着他的头，痛哭失声："强子，我的好强子，秀秀要的就是你这句话。"

第二天早上，秀秀醒来，发现身边是空的，强子不知什么时候已经走了，他留下一张纸条，上面写道：秀秀，我还是决定走。那些钱是我拿命换来的，我不想就这么白白交给警察。你在家等我，我把一切安顿好了，一定尽快回来接你。秀秀看完纸条，悲愤不已，她走进灶房，抓起一盒火柴，抽出一支，擦亮火，面无表情地看着这张纸条在火中化为灰烬。

一个星期后，山下有人跑来告诉秀秀，说那个名叫强子的通缉犯，前天夜里被警察围困在一家小旅馆里，当时警察一再劝他缴械投降，可他就是不听，还开枪拒捕，结果被警察当场击毙。最后，警察还从他随身所带的皮箱里搜出一大笔赃款，听人说，警方这次行动，是有人通过匿名电话提供的线索。

在一个大雪纷飞的日子，秀秀挺着大肚子，踏雪来到丈夫的墓前。她含泪告诉丈夫，她虽然没能留住强子，但却留下了他的血脉；她说，等孩子出世以后，她会好好教他做人，她不求孩子发什么大财，做什么大官，只求他做一个懂得遵纪守法的人……

（式　森）

（题图：季　平）

投资吸引力

小陶是闽南人，在北方一个滨海城市读大学，毕业后，就留在了当地一家最大的民营企业，做一名普通的业务员。平常老有人笑话他的普通话不标准，可谁也没想到，他的闽南方言在关键时候倒派上了大用场。

这天早晨刚上班，小陶的部门主管跑过来，神秘兮兮地对小陶说："陈总让你马上去他办公室。"小陶一听，心里不禁"咯噔"一下：公司上下这么多人，陈总怎么会知道我这么一个小人物？他找我这个普通员工，会有什么事呢？小陶忐忑不安地敲开了陈总办公室的门。

陈总见小陶来了，笑着问："你就是小陶吧？老家是福建的？"小陶赶紧点头。陈总让他坐下，说："小伙子，说几句家乡话给我听听。”小陶一愣，不知道陈总是什么意思，又不敢怠慢，于是便说了一段家乡的民谣，然后又用普通话解释了一遍。陈总听罢，满意地点点头，接着就递给小陶一份材料，说：“我们最近有个大项目，投资意向方是香港公司的王总，他明天要来考察这里的投资环境。我们了解到王总是闽南人，我打算明天让你参加接待，用你的乡音来提升他的投资力度。”小陶这才明白原来是这么回事，不由暗自高兴：这真是喜从天降啊！他心想：我一定要好好珍惜这次机会，干好了，肯定对自己今后在公司的发展大有好处。

第二天上午，香港公司的王总果然如期而至，随行人员除了一批项目负责人外，还有两个身强体壮的保镖。陈总亲自带着小陶把他们从机场接到公司，安排在贵宾室休息，而后双方就开始了实质性的洽谈。下午，洽谈告一段落的时候，王总微笑着说：“我第一次来你们这座美丽的海滨城市，是不是可以先让我们出去转转，满足一下我的好奇心？”王总这话说得比较婉转，其实他是急于想亲眼看看整个城市的投资环境，以便做出最后的抉择。

陈总听出了对方的话外之音，就指着小陶对王总说：“好啊，我们陪你去转转，轻车简从，其他客人让他们休息休息？”机灵的小陶马上明白了陈总的意思：王总来考察，还专门带保镖，显然是对这里的治安不放心；陈总建议三人行，就是不带保镖的意思，可以借此机会让王总彻底放心。于是他直截了当地开口道：“王总，相信这里的投资环境一定会让您满意的。”小陶说的是家乡话，王总一听到浓重的闽南口音，倍感亲切，于是三个人有说有笑地上了车。

一路上，小陶不断地用家乡话向王总介绍当地的风土人情，王总兴致很高，小陶介绍得也越发带劲。经过一条步行街时，小陶告诉王总：“这里是全城出名的小吃街，汇聚了全国天南海北的特色小吃，新疆的羊肉串，四川的担担面，天津的‘狗不理’，西安的羊肉泡馍……”王总越听越兴奋，忍不住对陈总说：“咱们是不是下去看看？”陈总赶紧叫司机停车。

三个人于是就下了车，在小吃街上慢慢逛了起来。王总似乎对每一家店铺都充满了好奇，一边看一边问，还举起相机不停地拍照。陈总看他如此有兴致，就给小陶递了个眼色，小陶于是心领神会，不一会儿，就挑了一处窗明几净的店铺，邀王总入座。小陶替每人点了三五样小吃，随后他们一边品尝着一边聊着，真是不亦乐乎！

旁边那桌，坐着几个穿着很时髦的小伙子，喝着大扎的啤酒，嘴里还大声地行着酒令。小陶有些担心这里的嘈杂会让王总不舒服，可没想到王总却很有感触地说：“我年轻的时候，在香港码头出苦力，收工以后也是这样喝酒的，回想起来，那种感觉真是爽快啊！”

小陶刚想接着王总的话说点什么，一件出人意料的事情发生了：那几个年轻人看出这边的人似乎在议论他们，有点不开心，一个染着黄头发的小伙子摇摇晃晃地端着酒杯站起来，大声朝他们吼道：“老子喝酒碍着你们什么了？”

小陶知道这种人大多吃硬不吃软，得一开始就把他们的气势压下去，于是“呼”地站起来，冲着他回应说：“你吼什么？少在香港客人面前丢人！”没想那“黄头发”眉毛一扬：“香港人有什么了不起！”他猛一抬手，酒杯里的酒全部泼到了王总的身上，他一伙的那几个也一起拥了过来。小陶被他们突如其来的举动搞懵了，不顾一切地冲过去，和他们厮打起来，可他哪里是他们几个的对手，很快就被打出了鼻血。

店堂里的人都纷纷上来拉架，小陶总算没有再挨揍。陈总的司机赶紧用手帕捂住小陶正在出血的鼻子，陈总气得浑身发抖，拿出手机就给他当派出所所长的弟弟打电话：“你赶紧到小吃街来,那几个小混混把我的香港客人和我的员工打伤了,可不能轻饶了他们!”

小陶看着王总被搞得又湿又脏的衣服,他心里后悔极了:真不应该把王总带到这里来啊,他还会把资金投到这里吗?那可是好几个亿啊!

倒是王总,看上去已经恢复了常态,他略带笑意地对陈总说:“今天的事有些出乎预料,责任当然不在你们。关于项目的事情,我回香港后会认真考虑的。”陈总一听王总这话,知道事情不妙,因为王总这次说是来考察投资环境,但据内部情报,其实签约基本意向已定,而现在却说要回香港再考虑,那不就意味着事情要泡汤啊?小陶更是恨死自己了:几个亿的投资,就让这几个混混给毁了,弄不好连自己的前程也完了!

这时陈总已经乱了方寸,除了道歉,竟说不出别的话来。倒是接到司机报信赶来的公司副总,头脑还算清醒,他把陈总和小陶叫到一边,说:“等会儿派出所来人,一定要让他们严肃处理,最好把为首的抓起来,以破坏招商引资的名义让他多吃点苦头。实在不行,就叫咱们公司的保安把那家伙的胳膊打断,大不了多花几个钱,这样,王总解了心头之恨,签约的事情或许还有回旋的余地。”陈总听了,无奈地点了点头。

没一会儿,派出所的人来了,那几个混混全低下了头,陈总的弟弟陈所长让小陶把当时的情景再复述一遍,没有异议后,双方签字。很快,他宣布了处理决定:一,黄头发等几个向王总道歉,并赔偿人民币五十元;向小陶道歉,并赔偿医疗费等两百元。二,派出所对黄头发等几个罚款两百元。宣布完后,黄头发等几个只好一一向王总和小陶道歉,并当即赔偿。

小陶没想到会是这么简单的处理结果,陈总当然更不满意,他一把抓住他弟弟陈所长的胳膊:“怎么,就这么处理了?”陈所长一本正经地说:“对呀,按照治安处罚条例的规定,这件事儿就应该这样处理。”陈总不禁大怒：“你知不知道，王总是香港的投资商，我们正在合作价值几个亿的大项目，王总今天是来考察咱们市的投资环境的。这是一次简单的流氓滋事吗？这是一个破坏我市形象的大事件，怎么可以这么轻易就处理了呢？王总身价几十亿，赔偿五十元人民币，是不是开玩笑啊？”

陈所长此刻完全是处理公务的样子，他甩开陈总的手，正色道：“在我的辖区里，不管是谁，都是普通市民，再有身份的人，在这里被泼了啤酒，我的处理也是一样！”说到这里，他突然发现店堂门口来了几个虎视眈眈的大汉，陈总的副手正在与他们交头接耳，他转过身来，指着黄头发他们几个对陈总说：“我再补充一句，这事情已经处理了，如果他们接下来再因为这件事受到什么伤害，我第一个就会怀疑是你们报复的。”

陈总气得两手直抖，但也许是意识到这次合作的失败已经是无可挽回了，所以他努力让自己慢慢平静下来。回公司的路上，他一语双关地对王总说：“对不起，有些事情，我们有时候也无能为力，只能请你们原谅了。这样吧，你们随时可以调整你们的行程，需要我们配合的，请尽管吩咐。”

没想到的是，王总却笑着对他说：“其实，那位警察说得对，不管当事人是谁，都要一视同仁，这是我们最需要的投资环境，如果企业也有这样的规范意识，投资环境就没什么需要多考察的了。不知道陈总可否允许我们再多打扰一夜，合作的事情明天继续谈？还有这位——”他指指小陶，“我的小老乡，明天咱俩再出去转转，怎么样，你的乡音我还没听够呢！”

王总的这番话，大伙都听愣了，小陶算是反应最快的，带头鼓起掌来。

（陶柏军）

（**题图**：杨宏富）

罚你宣个誓

吴老汉和人家约好，9 点之前要把菜送进城的，所以一大早就赶着牛车上了路。可进城门抬头一看，太阳都已经爬得高高的了，吴老汉怕落下时间，于是扯开嗓门朝老牛一声吆喝，谁知那老牛却突然站在街心不动了，牛尾巴一扬，当众屙起屎来，“噼里啪啦”眨眼就是一大坨。

吴老汉甩了老牛一鞭子：“真是懒牛多屎尿！”正要继续赶路，忽听后面有人喊：“停车，停车！”吴老汉回头一看，原来是一个长着一张南瓜脸、胳膊上套着个红圈圈、穿制服的人，正朝他走来。

吴老汉跳下车，“南瓜脸”问他：“你的牛车咋回事，赖这不走哇？”吴老汉往牛屁股指指，南瓜脸过去一瞧，不得了！不过，他非但没捏鼻子嫌臭，脸上反而笑开了花。为啥？城里现在正在大抓市容卫生，规定不论人或牲畜，凡在大街上“方便”者，一律罚款，少则10元，多至50元。这么大一坨牛屎，这罚能轻得了么？

南瓜脸向吴老汉指指自己胳膊上的红圈圈，随后把罚款条文说一遍，手一伸，说：“你今天的情况特别严重，罚款50元！”

吴老汉傻眼了：我菜还没送到哩，怎么就先要罚款了？他央求南瓜脸说：“能不能少罚一点？要不，我把这坨牛屎清了？”可南瓜脸斜着眼，不答应。

吴老汉看看太阳越爬越高了，急得双脚跳：罚就罚，就当少摘了50斤青菜，再耗下去，别说要误了送菜的时间，万一这畜生再放泡尿，我可就亏大了。吴老汉从贴身衣兜里摸出50元钱，挺不情愿地交给南瓜脸，然后一纵身跳上车，准备要走。

谁知南瓜脸一把拉住他：“事情没完你就想走？”

“还罚啊？”吴老汉眼睛瞪圆了。

南瓜脸笑嘻嘻地说：“你别紧张，再罚不是罚你的钱，是罚你宣个誓。”

吴老汉听不懂宣誓是啥意思，愣愣地问：“啥宣誓？宣誓啥？”

南瓜脸指指他的牛，嘻嘻笑着说：“你得宣个誓，以后要像爱你的牛一样爱护市容市貌。这么说吧，就是你要保证，以后别让你的牛再在大街上拉屎拉尿，否则……嘿嘿！”

吴老汉一听，明白了：你们城里人说的宣誓，原来就是我们乡下人发毒誓的意思。他心想：卫生是得人人讲，可这牛又不是人，哪能保证它绝对没个意外呢？除非把牛屁股那窟窿给堵上。吴老汉连连摇头：“这怎么能行？”

南瓜脸的脸顿时就拉长了，说：“不宣誓，这事就没完，你就不能走！你给我下来！”他不由分说硬把吴老汉拉下车，然后把牛车拉到路边，把牛拴到树下。

这是哪家的规定呀？吴老汉大叫冤枉。

这时候，路人闻声都纷纷围了过来，都劝吴老汉，宣誓就宣誓呗，讲几句话又不花钱，怕啥！可吴老汉不这么想：毒誓怎么是随便发的？发了就得做到，做不到以后要应验的呀！吴老汉说啥也不肯宣誓。可他不宣誓，南瓜脸就不让他走，于是两个人就这么耗上了。

本来，南瓜脸一大早逮着个露脸的机会，心里很是得意，可是现在看吴老汉这么别着一根筋的样子，他急了，振振有词地冲吴老汉说："你这叫'暴力抗法'，知道不知道？告诉你，我们抓市容市貌是动真格的，今儿个县里的领导正在开会研究怎么进一步加强执法力度呢，你倒好，想跳出来争个典型还是怎么的？就冲你这态度，我告诉你，你现在就是想宣誓也晚了，起码还得再罚 500 元。"

"什么？再罚 500 元？"吴老汉这下算是弄明白了：你不就是想要钱吗？事情到了这个地步，他索性较上了劲，脖子一拧，说："我不宣誓，我也没钱，我看你能把我怎么样？"

"好呀，你这个典型我是抓定了！"南瓜脸"嘿嘿"冷笑一声，就动手去解拴在树上的牛绳子，"今天你的菜不要卖了，走，跟我接受处理去！妈的，连人带牛，先关你个三天三夜，看你拿不拿出钱来！"

"你……"吴老汉气得大口大口出粗气。突然，他脑子一个激灵，朝南瓜脸一咧嘴："哼，你扣我的菜也行，扣我的牛也行，不过出了啥事，这后果你得一个人顶着！"

南瓜脸没料吴老汉怎么突然说话口气就变了样，他指着吴老汉的鼻子说："你别吓唬人，我今天是公事公办，就是天王老子来，你不拿钱出来就别想走。"

吴老汉乐了："这话是你说的？"他悠悠地从裤袋里掏出烟

来，点上，“吧嗒吧嗒”狠抽了两口，对南瓜脸道：“我劝你还是想清楚了的好，这后果你……”

南瓜脸心里有点发毛：“你什么意思？”

吴老汉不由笑出声来：“你刚才不是说，今儿个领导都在县里开会吗？”

南瓜脸点点头：“是呀！”

吴老汉挺得意：“开完会，领导总得吃饭，饭桌上总少不了蔬菜吧？”

南瓜脸暗吃一惊：“你是说，你这菜是送……送到县政府的？”

吴老汉越发得意：“嘿，他们食堂就看中我送的菜，特意关照说，今天领导有个会，吃饭的人多，让我 9 点之前一定把菜送到，别误了中午开饭……”

南瓜脸赶紧看表：我的妈呀，9 点都过 5 分了！不得了，牵涉到领导的事，怎么能耽搁呢？他把牵牛绳往吴老汉手里一塞：“那你还不快走？”

吴老汉说：“急啥，你不是说还要留我三天三夜，还要罚我 500 元吗？”

南瓜脸知道吴老汉这是在说怄气话，为了让他快走，想来想去，只好把已经罚下的 50 元钱从口袋里掏出来，还给他。

可谁知吴老汉还是不肯走！吴老汉说，要去得让南瓜脸和他一块儿去，证明不是他吴老汉送菜送迟了，而是在南瓜脸这里被耽搁了。

看吴老汉这副不肯罢休的架势，南瓜脸心头直发怵，他急得汗如雨下，就差给吴老汉跪下了：“我的大爷，你快把菜送去吧，我不罚你钱，也不要你宣誓了，你还想咋的呀？”

吴老汉气呼呼地说：“咋的？你罚了也就罚了吧，还要宣什么誓，扣人又扣牛的，还说要关我三天三夜。哼，我就不信咱政府会有这号子规定，你这不是在乱用权力么？你问我想咋的？我就想要告你去！”

“千万别啊！”南瓜脸哭丧着脸说，“我给你认错，认错还不行么？”

吴老汉一听南瓜脸要给自己认错，心里乐了，想了想，故意绷着脸说：“不告就不告呗！不过，你也得给我宣一个誓，以后不能再胡乱罚人，也不能胡乱关人！”

这容易啊！南瓜脸“啪”一个立正，冲着吴老汉举起了右手：“我宣誓：我要牢记职责，爱岗敬业，文明执法，热情服务，团结协作，顾全大局，严以律己，廉洁奉公……”南瓜脸嘴巴一张，一连串的誓词溜嘴就出。

“停停停！”吴老汉瞪着眼睛大叫起来，“原来宣誓就是这个样子啊？早知道这样，别说宣一遍，就是宣十遍我也给你宣了哇！嗨，这一套我见多了，我们村长、乡长就常这么说的。可光说不做有什么用？不行，你得跟我来真的！”

南瓜脸一愣：“怎么个真法？”

吴老汉抬头指指天上的太阳，教南瓜脸说：“我今天在这发个毒誓，以后再也不胡乱罚款了，再也不随便扣人了。如果说话不算数，我就是乌龟王八蛋，断子绝孙，天打雷劈……”

“这……这……”南瓜脸傻了，张着嘴巴，怎么也不敢跟着念。

（宾　炜）

（**题图**：黄全昌）

www.ingramcontent.com/pod-product-compliance
Lightning Source LLC
Chambersburg PA
CBHW060828120626
46557CB00001B/417
* 9 7 8 7 5 4 5 2 0 0 4 7 8 *